天遼

—阿遼—

大學一年級生。老家在南部是世代乩生。
雖有一點通靈潛能，但是並未開通，直到某次幫忙原住民祭靈表演後，被雲豹暗中開眼，從此便能看見神靈鬼魅。因而開啟了與三隻大貓的「同居」生活。
男同志，喜歡獸人，據說也是因此才會對三位神靈的模樣投射出其喜愛的獸人姿態。
對長久以來自己的「收藏」與「個人運動」全在不知不覺間被虎爺看光感到困擾。

林虎

媽祖座前虎爺，是阿遼帶到台北的分靈。
因為家中難得出現能夠和虎爺通靈的人，希望阿遼能回家繼承家業，然而阿遼卻覺得當乩童很遜不想回去，讓他非常困擾。和阿遼一起在台北住了一段時間，接觸到許多宅文化，平常又待在家沒事可做，只好把家裡的書都讀過一輪，因而對現代知識有一定程度的瞭解，也會直接談相關話題。
喜歡吃肯德基。

李克勞

一雲豹一

魯凱族的雲豹，身上的紋路是百步蛇紋。
是百步蛇王（死者之主）艾里里安的手下，因為台北的一場原住民祭靈表演，帶著死者靈魂前來觀劇時。正好遇到在幫忙的阿遼，發現阿遼有通靈能力，便想拉攏阿遼來幫忙處理讓他煩惱已久的原住民問題。
性格單純、認真，做事常常沒想清楚就做到底。不熟悉漢語而不善言詞，但其實是個很感性的人。
某方面來說有些悶騷。

顏書齋

—石虎—

苗栗某個小土地公廟的虎爺，前來拜託阿遼復興土地公廟，為了方便接近阿遼而附身在阿遼的社團學長身上。具有通靈能力的阿遼才看得出他石虎的模樣，一般人看起來只是單純的人類外型。本體的外型和附身的學長相近，性格也類似。身高不高，大約160公分，臉也很年輕，常被人當成國中生。因為練熱舞的關係，雖然看似纖細，其實肌肉相當結實。

性格活潑、熱愛社交，是熱舞社的當家台柱之一。在學校已經公開出櫃，對相關話題也非常大方。

有謠言說私底下似乎玩很大。

阿遼的房間

隔音效果佳。

阿遼上大學後的租屋處，
一般大學生附衛浴的套房。
繼虎爺後，雲豹也暫居於此，
最近不知為何連石虎
也來一起「同居」。
三貓一人有點擠。

THE ASSASSIN
Notebook

APPLESEED DECODE 1

烏來老街

迪化街

SKYT

Pache
圖·雷邇
家有大貓
SKYT

目錄

序章

「什麼？你說阿遼被綁架了？」

——如果有人在旁邊看這一幕的話，肯定會覺得很奇怪吧。

一個年輕的男生正在對空氣說話。他穿著紅色運動服，服裝輕便，有點矮的身形和可愛的面容讓他看起來像是高中生甚至是國中生。他正有些支支吾吾，似乎在猶豫該怎麼回答，但他的前面卻沒有人。當然，那只是在沒有陰陽眼的人眼中的景象而已。

實際上在他面前，有兩個神明正瞪著他。

「也不是被綁架啦……只是……上山後就被魔神仔拐走了……」

「那不就是被綁架嗎！」看起來像人形老虎的神明怒吼道。「就算魔神仔平常不會直接傷人，誰知道會發生什麼事！要是阿遼有危險怎麼辦？」

「那對兄弟我也認識，應該是不會對阿遼怎麼樣啦。只是我也不知道他們為什麼要抓走阿遼……」

「妖怪說的話能信嗎！」

「是不能信啦。可是他們也不會做出違背本性的事啊，到底是怎麼回事我想先打探看看……」

「來得及嗎！現在就該衝上山！」

「要是靠一個虎爺衝上山就能解決的話，他們也不會盤踞在那邊那麼久了吧。」

「……那你說要怎麼辦！該死，一開始我就不該讓你們兩個去玩……」

「要是你去的話只怕更慘的說。像你這種呆頭呆腦的大叔一下就被騙走啦。」

「你好意思說！」

虎爺氣得抬手想要揍人，卻被另一隻手伸過來擋下。

「……不要吵架。」

那是個毛茸茸、上面有著雲狀斑點花紋的手。手的主人是一位雲豹的神靈，他穿著某種帶有魯凱族傳統花紋的服飾，表情冷淡地看著兩人。

「吵架、沒幫助。」

「哼！」虎爺轉過頭，「沒幫助也得吵。如果不是這隻小貓，阿遼也不會被抓走！」

「怎麼怪我！明明是你自己說想偷懶一天的！」

「那你們也不該突然就跑上山！」

「是阿遼說想去的，有什麼辦法嘛！」

雖然在吵架中但還是岔開一下話題。為什麼虎爺會叫那個男生小貓呢？這可沒有什麼奇怪的意思，而是因為那個男生正被一隻石虎妖怪附身。既然是石虎妖怪，在有陰陽眼的人眼中，看起來就是一隻貓……正確來說，是個有著貓外型的人吧。

「……總之，要找到阿遼。」

雲豹再次出來打圓場。

「哼！」「哼。」於是一大一小的兩隻貓暫時休戰，然而氣氛並沒有因此和緩。

「阿遼到底去哪裡了……」

虎爺看著房間唯一的窗戶嘆了口氣。至於為什麼會有三個神怪在這個普通的小套房裡，而他們在找的阿遼又是誰？

那又是一個說來話長的故事了。

第一章　虎爺

當我醒來的時候，我正靠在一片肉牆裡。

說是肉牆可能很奇怪，但這是我最先冒出來的想法。我的臉貼著厚重的肌肉，而且這肌肉表面毛茸茸的，當然也很溫暖，某方面來說非常舒適。

但我也在劇烈地上下搖晃。

我完全搞不清楚狀況，腦袋一片朦朧。仔細一看，我似乎正在某人的懷中，還是用公主抱的姿勢。我所靠著的肌肉牆是他的胸肌，抱著我的人身材極為寬大，胸肌的大小快要跟我的頭差不多大了。然而這不是最驚人的地方，最驚人的地方是……

不論是抱著我的手還是我靠著的胸肌，上面都有毛。不是一般人身上那種汗毛，是整個身體都覆蓋著一層軟軟的黃色體毛，上面還有些黑色斑紋。

沒錯，就跟老虎的毛皮一樣。

這麼說的話，難道我……

正被一個虎人抱著？

為什麼會這樣？當然我並沒有什麼不滿啦，不如說有點小鹿亂撞。畢竟我的癖好比較特殊……可是！醒來之後突然發現自己正在一個巨大虎人的懷抱中，就算喜歡也會覺得很奇怪吧？

而且虎人是真實存在的嗎？我的常識告訴我不對啊！是在做夢嗎？但我才剛醒來耶？還是這個醒來也是夢？我忍不住捏了一下自己的臉頰，會痛。

為什麼我會在一個虎人的懷抱裡啊？這真的不是幻覺嗎？不對，在這之前……

這裡是哪裡？我是誰？

這個疑問也太經典了！我忍不住在心中吐槽，但我是真心這麼想。

我該不會失憶了吧？

所以這個虎人可能是我認識的人囉……就算這樣，我也完全不記得啊！

如果我認識這個虎人，那至少現在的狀況應該不危險……這麼想可能太天真了，畢竟抱著我的虎人正在奔跑。

我努力抬起身，試著觀察周遭。我們正在一片森林中，看來是沒有開發過的野地，連山路都沒有。

「阿遼，你醒了？」

虎人注意到我的動作，低頭問我。

阿遼是我的名字嗎？算了，就當作是吧，現在不是跟他說我失憶了的時候。

「嗯。我們……」

「我知道你肯定很混亂，不過別擔心，有我在。既然我來了，就絕對不會讓他們傷害你。」

哇，這麼豪爽的語氣是怎麼回事？說得我都要對他心動啦。

但不對啦，他說的「他們」是誰？誰在追我們？我應該知道嗎？

唉，到底為什麼我會失憶啊？

不久後，我們來到了一個小木屋。

雖然說是小木屋，但這屋子意外地乾淨整潔，裝潢格局也很漂亮。內部挑高，以樓中樓的方式搭起二樓，有沙發也有床，就連廚房設備都一應俱全。

一走進來，虎人就回頭把門關緊。但讓我疑惑的是，為什麼明明是逃跑，卻要躲在這麼奢華的地方？小木屋的外觀雖然沒有裡頭豪華，但也是一棟保存良好的獨立別墅。躲在這種地方真的沒問題嗎？

「阿遼，你沒事吧？」

在把我放到二樓床上後，虎人摸了摸我的頭。我趁這個機會仔細觀察他的手掌，該怎麼說呢，不是虎掌而是一般的人手，只是多了黃色細毛跟肉墊。就跟我想像中有知性的獸人一樣，不會給人野蠻的感覺。

話說回來，有知性的獸人……為什麼我會對這種事情有概念呢？

「阿遼？」

我沒有立刻回答似乎讓他擔心了。我連忙說沒事，但卻不知道該怎麼接話。

畢竟我根本就不知道他是誰啊！

雖然眼前的虎人是我醒來之後看到的唯一一個生物，但我的常識還是告訴我，獸人應該是不存在世界上的喔！

換句話說，不管是被人追、跑來這種小木屋、還是眼前的虎人，全都超級異常啊。面對這種異常狀況到底該怎麼詢問？我雖然覺得虎人不會生氣，但不知為何，要對他說我不認識他，我還是會感到愧疚。

「你怎麼了？看你明顯有心事。」

他也注意到了。我該怎麼說明？可是我也不認為我能欺騙他。

反正，他既然不會生氣的話……

「那個……我好像……失憶了。」

我戰戰兢兢地回答。

「失憶？」虎人立刻捧住我的頭。他用那張大臉在我身上聞聞嗅嗅，甚至還摸遍了我全身，弄得我又癢又害羞。

「難道有傷到頭？還有其他地方受傷嗎？」

我不好意思地將他推開。「沒、沒有啦。至少我不覺得身上哪裡痛。」

「那怎麼會失憶……嘖，肯定是哪些傢伙搞的！」

「那些傢伙？」

「就是……阿遼，我先確認狀況。你說失憶了，那你還記得我是誰嗎？」

我搖搖頭。

「這樣嗎……」他一臉失望。看來這話還是對他造成了打擊，也是，畢竟是願意在荒山野嶺中抱著我奔跑的人嘛。

「那麼像是名字、住所之類的呢？」

我再次搖頭。「大概只剩下常識還留著吧。老實說，我覺得眼前的狀況非常詭異……」

「對一般人來說確實是很詭異。」虎人點頭。「但你可不是一般人啊，阿遼。你是個有陰陽眼的乩童，這些你都不記得了嗎？」

「乩童？」

「對。所以你才看得到我。我是你們林家的虎爺啊。」

「虎爺?就是神桌下那個虎爺?」

「……沒錯。」

「那個虎爺的話,看起來實在不像會變這麼大隻耶,而且你還是人形的……」

虎人,或者該說虎爺噗哧一聲笑了出來。「那是你的印象造成的。你喜歡獸人所以把我想像成這樣了吧。而且神的外表長什麼樣子,和祂的神像本來就沒有直接相關喔。」

「我……把你想像成這樣?有這麼方便主義的嗎?」

「方便主義?奇怪的詞。總之就是這樣,如果哪天你對我的印象變了,你眼中的我也會改變吧。不過印象這種事可不是那麼容易就能改變的,不是你想要我變形就能變喔。」他摸了摸鼻頭。「哎呀,沒想到我竟然還會需要對阿遼解釋這種常識。」

這對一般人來說應該不是常識吧!

不過話又說回來,如果我真的是乩童,那我應該知道這些「常識」嗎?我不覺得他在騙我,但對於乩童這點又覺得有些怪怪的。

「所以你是說，我是乩童，然後你是我家的虎爺？我家為什麼會有虎爺啊？」

「你們家歷代都是廟公啊。你這一代，雖然跑到台北求學，但你帶了一個小小的虎爺神像。那就是我囉。」

「小小的……」

「所以說外型和神像沒關係啦。」虎爺發出爽朗的笑聲。「你是林家的乩童，這點絕對錯不了。」

「好吧，假設是這樣。」我還是有點半信半疑。「那我為什麼會在這裡？」

「事發經過我也不清楚。總之，有一天假日你上山去玩，結果被一群妖怪給綁架了。我去救你的時候你正陷入昏迷，逃跑途中你醒過來，接著就帶你來這裡了。」

「所以……我整理一下。我老家是宮廟、我到台北讀書、週末出去玩被妖怪綁架？最後這個有點突然吧？」

「因為有靈力的乩童很少見吧。」虎爺摸了摸鼻子。「有陰陽眼的人雖多，但你家族流傳下來的靈力也很特殊，我懷疑是那些妖怪覬覦你的力量，不過也說不準。畢竟我可沒興趣跟那些妖怪閒聊。」

「於是他們就抓住我，還讓我失憶？」

「我猜是這樣。」

「什麼啊……」我搞不懂讓我失憶和妖怪想要我的力量有什麼關係。該不會我其實已經被奪走一部分力量了，所以才會導致我失憶？可是我還看得到眼前的虎爺，那應該至少陰陽眼還在吧。

「不過阿遼，你不用擔心。我可是專門降妖驅魔的虎爺，既然我來了，你就不會有事。」

「明明就被他們追到這了？」

「那是因為抱著你不好戰鬥。」虎爺回答。「既然把你送到安全的地方，就不用擔心了。接下來不管他們來多少，只要是一般妖怪，就不用怕我會輸。再怎麼說，我可是有阿遼的靈力加持啊。」

我的靈力加持是什麼意思啊。

「呃……好，我知道了。」我重新張望了一下環境，這個小木屋感覺很新，家具上沒什麼灰塵，但也不像有人在使用。

「可是為什麼是來這裡？這地方沒有人住嗎？我們就這樣占用不太好吧？」

「是土地公指點我來這的。」虎爺回答。「好像是哪個富豪家的別墅吧，聽說會固定派人來打掃，但不是很常來住。情況正好適合，就讓我帶你過來了。」

「也太巧了吧……但就算這樣也不好隨便使用吧？要是屋主要我付錢怎麼辦？」

「再怎麼說也有土地公的介紹啊，他們會給你面子的吧……」

我用不可思議的眼神看著他。

「好啦，我也知道不行。」虎爺改口。「只能盡量不弄壞東西囉。但情況緊急，也沒有別的辦法。暫時小心一點吧。」

「好吧……不過說起來，既然都把我救出來了，為什麼不直接回家？」

雖然我想不起我家在哪，但至少是有家的吧。我到台北求學總會有個住所才對。

「這就是比較麻煩的部分了。」虎爺的表情一下子垮了下來。「那些妖怪……布下了迷障。」

「迷障？」

「就是所謂的鬼打牆。我在山裡繞了好久，始終繞不出去。明明是很小一塊地方……」

「也就是說暫時沒辦法離開了？」

「對。除非能找到布下迷障的妖怪，或是等他們自行解除。」

「沒辦法破除迷障嗎？」

「我不擅長那個。」虎爺摸摸鼻子，「如果妖怪出現在我眼前我能擊敗他，但這種躲起來搗亂的做法我就……」

「所以你才會說妖怪來了也不用怕。」我一下子理解了，其實他是在掩飾沒辦法離開的窘境。

「嗯哼。」

「好吧。那要怎麼找出布下迷障的妖怪？」

「我不太想去找。我不放心把你一個人留在這裡，而且那些妖怪應該不好找。」

「所以只能等他們自行撤除？」

「沒錯。」虎爺點頭。「不用擔心，就算他們有很強的妖怪或是很多妖怪合作，他們的妖力也不可能撐太久。這裡布下迷障之後，一般人就無法接近，但附近可不是什麼偏遠無人的山區，偶爾還是會有人來這裡爬山健走。只要無法接近的人越來越多，大家覺得奇怪開始搜山調查，他們要維持迷障需要的妖力就會越大。不出多久，迷障就會因為無法隱瞞太多人而自動崩解。」

聽起來好像妖怪很怕人似的。不過仔細一想，現代社會中，妖怪會怕人好像也不是什麼值得奇怪的事。

「所以大概要等多久？」

「我也不確定，得看他們有多少妖怪。」虎爺摸摸鼻子：「應該不會超過一個月。」

「什麼！」我忍不住大喊出來。「所以我們要被困在這裡一個月？」

「只是最久啦。這種事很難說的。」虎爺露出曖昧的笑容。

「別開玩笑了！別的不說，吃的東西該怎麼辦啊！」我環顧四周。「這裡可能會有一個月的食物嗎？」

「對喔，食物啊……」虎爺一臉剛剛才想到的樣子。「沒問題的，大不了我去給你找吃的。」

「你能找？」

「沒問題沒問題。我不是老虎的神嗎？打獵這種事自然不在話下。」他拍了拍胸膛，「總之放心交給我。我會好好照顧阿遼的。」

「很難放心耶……」打獵什麼的，就算真的打來了，我也沒辦法肢解動物啊。雖然想不起來，但我可不認為宮廟的孩子又在台北讀書，會學到什麼肢解動物的技能喔！

「哈哈哈哈。」他爽朗地笑了幾聲。「畢竟也沒有別的辦法。」

「沒別的辦法也不能讓我餓死啊。如果真的一個月下不了山，我要怎麼活……」我忍不住擔憂。

「別擔心別擔心，事情總是會有轉機的。」虎爺靈光一閃，「對了，既然這裡是別墅，說不定會有屋主的儲備糧食。我們先找找看吧？」

虎爺這麼說便往廚房走去。我們在那翻箱倒櫃，原本我不抱什麼希望，畢竟這只是有錢人偶爾來住的別墅，然而……

還真給我們找到了一大箱的……泡麵。

而且還是高級泡麵，有真空調理包的那種。口味也很豐富，看來這個有錢人對泡麵挺有研究。如果有這麼多種口味的話，要撐一個月……

以為我會那麼說嗎！再怎麼說一個月都吃泡麵也很難受啊！會營養不良的！

虎爺注意到了我的尷尬。「怎麼了？泡麵不好嗎？」

「再怎麼樣也不能只靠泡麵過一個月吧？」

「換著吃不行嗎？」虎爺拿起泡麵查看。「這麼多口味挺不錯了。我都想吃呢。」

「唉，我也知道啦。緊急狀況沒辦法，我不該要求太多。至少還有真空調理包，多少能補充點蛋白質……」不過蔬菜就沒辦法了，就算有乾蔬菜包，那一點量也完全不夠。

「真的不行，我再去給你找點山菜。偶爾吃吃自己做的飯也不錯，不過阿遼做菜的手藝不是很好呢。」

「反正我不記得。」我哼了一聲，到底會不會做菜，實際做了就知道。

「好了，既然食物的問題解決了，剩下的就是等了。」虎爺忽然一把抱住我。「阿遼，你突然被綁架，害我好擔心。」

一個肌肉虎人大叔忽然抱住我，害我一下子滿臉通紅。話說為什麼會抱住我啊，一般虎爺會跟家裡的乩童這麼親密的嗎？還是說只是我忘記了？對我來說跟一個剛見面半天的大叔忽然來個擁抱，當然會不好意思啊！

「好、好了啦，我沒事……」

「我得好好檢查你有沒有被他們染指。」這個用詞是怎麼回事？「來，讓我好好檢查。」虎爺說著就開始脫我的衣服。

「嗯嗯嗯？等、等一下！」我連忙制止他。「需要這樣檢查嗎？」

「不然呢？你的裸體我又不是沒見過。」還一副理所當然的樣子！

「但我沒有啊！不是，我是說我才剛失憶，你沒忘記吧？對我來說現在你跟陌生人差不多啊，這麼做太突然了！」

這話讓虎爺化成了石像。「跟、跟陌生人差不多……」

「呃，說得有點誇張了。你肯照顧我，我知道你是為我好，可是我還沒辦法那麼快就……這是心情問題，抱歉啦。」

「也就是說，平常我跟阿遼做的那些……親密動作，現在也不能做了嗎？」

「呃……你說的親密動作是說哪些？」

「就是，哎，你知道的。」虎爺臉紅了。虎爺臉紅！「我再怎麼說也是個神，不要讓我說那些事。」

「……應該不是我現在腦袋裡想的那些吧？」

「應該是吧。」

「但你是個神耶！」我忍不住大喊。「神會和自己的乩童那個嗎？這也太超過了吧！」

「這是有特殊原因的。」虎爺正色道。「為了讓你能信任我，讓我能附身到你身上施展力量。現在我們正被一群妖怪追殺，這種力量是必要的。」

「……啊？為了讓你能夠附身，所以要跟你……那個？」

「沒錯。」

「誰會信啊！」

「阿遼失憶了也沒辦法。」虎爺切換成溫柔的語氣。「但這是真的。我知道對失憶了的你來說有點太急，而且以我看那些妖怪的實力，也不需要動用到阿遼的力量。但不能保證不會有意外，如果能附身還是比較保險。所以我們……」

就算我很喜歡虎爺這種肌肉獸人，我還是露出了困擾的表情。不管怎麼說剛認識就要做那麼親密的行為都太急了，又不是約炮。

「……阿遼不願意嗎？」虎爺的臉上寫滿失望。

「也不是不願意啦，只是有點突然。」我帶著些許歉意回答。「再怎麼說我剛失憶就要那個……有點太快了。給我一點時間好嗎？」

「當然。」他露出大大的微笑。可惡，這個笑容還真有點打動我。

「無論多久我都會等的。就算這次沒辦法附身到阿遼身上，我也一定會想辦法突破重圍。就像我之前說的，放心交給我就好了。」

「嗯、嗯……」

「好。雖然到了這裡，但還是不能放鬆。我去附近巡邏一下吧，我不會離開太遠，阿遼，你也小心一點，要是發生什麼奇怪的事情就大聲喊我，知道嗎？」

「好。」

虎爺點點頭就離開了。雖然也有可能真的需要巡邏，但我還是覺得虎爺是因為剛剛的話題，想避免尷尬才找藉口離開。

唉，這到底是什麼狀況啊？

雖然……我也不是完全不心動就是了。我抱著枕頭，在床上窩成一團，陷入沉思。

第二天，虎爺一大早就來向我獻殷勤。

會這麼說，是因為……當我睡醒的時候，我正被他抱在懷中。雖然那對巨大胸肌的彈性非常讓人想入非非，但我會醒來的原因，與其說是自然睡醒，不如說是呼吸困難！我整張臉都埋在裡面啦！

我試著掙扎，叫虎爺放開我，但卻……隱約間還可以聽到虎爺的打呼聲……

所以他根本就是抱著我睡了嗎？明明昨天晚上我是一個人上床的啊！說起來虎爺會需要睡覺嗎？

可惡，虎爺好重，這樣很難受啊……

我用力拍他，甚至還張嘴咬了他的胸口。那口感還真好……可惡這不是重點啦！

我才不會說我被他胸前細毛間那柔軟的突起給吸引過去之類的！但是，他再不放開我就真的要窒息啦。

「呼嗯……啊……嗯？」

我掙扎許久，虎爺終於張開了眼睛。他竟然還一副睡迷糊了的樣子！

「放開我啦！我快不能呼吸了！」見到他終於醒來，我連忙大喊。

「哎呀，抱歉抱歉。」虎爺從我身上下來。這明明是一張寬大的雙人床，就算他身材高大，兩人躺起來也也綽綽有餘，為什麼要抱著我睡啊？

「不小心就像平常那樣睡了。阿遼你還好吧？」

「……你是說，平常我每天早上都會被你弄到快窒息嗎？」

「哈哈哈，不會啦。只是昨天好不容易救出阿遼，我有點激動而已。」

「這個激動對我來說可是有生命危險的啊！」

「阿遼太誇張了啦。」虎爺笑著彎腰親了我的額頭一下。「但是阿遼，和我一起睡難道不開心嗎？」

「這……也不是不開心啦……」我轉過頭。「只是你昨天也沒跟我說一聲，怎麼趁我睡著就抱上來了？再怎麼說我也會尷尬的呀！」

「抱歉啦阿遼。情況比較急，我想盡快讓你回憶起平常的印象，但我也知道你會怕尷尬。所以多少有點硬來，別生氣好嗎？」

「……你這樣說我還能生氣嗎。」

「抱歉抱歉。」虎爺抱住我的頭。嗚，這下肌肉牆又出現在眼前了。

「和我一起睡了一晚，有沒有想起些什麼？」

「沒有喔。」

虎爺垂下肩膀。

「……我也不知道為什麼我會失憶，說不定要打敗綁架我的妖怪中的某人才行。總之，我想沒有抱一抱就能恢復記憶這麼簡單啦……」

「所以還是那些妖怪的錯。」虎爺握拳。「等他們出現，我一定要把那些傢伙痛扁一頓！」

「能的話啦。」我隨口敷衍。不知道為什麼，明明是自己失去記憶，我卻不怎麼緊張。「不過說起來，我們要在這裡待上一段時間對吧？」

虎爺把我放開後，我才有精神好好欣賞這棟房子的早晨。陽光從二樓窗戶直射到床上，山裡的清新空氣徐徐吹來，雖然一大早還有些涼意，但正是這種涼意配上溫暖的被窩，給人的感覺特別舒服。

然而即使這裡是個舒適的房子，還是有美中不足的地方。我剛進來的時候就注意到了，大廳雖然有沙發，但卻沒有電視。二樓也沒有書桌或類似的工作檯，換句話說也沒有電腦。我身上也沒有手機——我還記得有手機這種東西，看來手機已經完全成為現代人的常識了呢。

「感覺……好像會很無聊耶。」

虎爺露出不解的表情。「有我在還不夠嗎？」

「……難道要我玩你嗎？」

「阿遼希望的話。」

是想要我怎麼玩啊！是說這個虎爺是不是有點開放過頭了？

眼看我沒有回答，虎爺接著說：「阿遼不想跟我玩也沒關係。不過阿遼覺得無聊，隨時可以來找我，我會好好陪阿遼的。」

所以不是那方面的意思囉？非常抱歉想歪的是我。

「也……也沒有啦。」我轉過頭，覺得應該解釋點什麼，但我誤解的方向又讓我不好意思解釋。

氣氛尷尬了幾秒，虎爺開口轉換話題：「好啦，既然起床了，我們去吃早餐吧。」

於是我們來到廚房。雖說是早餐，其實也就只有泡麵……

還沒開始吃，我就因為想像到之後可能要過上一個月三餐吃泡麵的生活而頭皮發麻。

「要不然，來弄乾脆麵吧。」

「我覺得沒什麼幫助……」

在我回應的同時，虎爺已經啪嗒啪嗒地把麵捏碎了。但那可是高級泡麵啊，有調理包的耶！我在打開包裝後，看著沾滿麵灰的調理包，最後也只能……把它打開倒進捏碎的麵裡。

於是產生出了相當獵奇的東西。

「嗯……」

「唔……」

我們看著那東西發呆。

「好像不會比較好？」

「這已經只能用悽慘來形容了。」

濃縮的牛肉湯汁和碎麵混在一起，更是強調了乾麵的硬度，而且沒有加水所以味道超級鹹。我稍微沾了一點嘗嘗就再也不想碰了。

「抱歉，浪費了一份泡麵……」

「沒關係啦。」

「我們重弄一份正常吃的吧？」

「不用了……」看到那樣的東西讓我一下失去了食慾。

「那麼……呃，我們來玩吧？」虎爺一臉陪笑。

「也不是不行……那個，我們這麼悠閒好嗎？那些妖怪不會找上門來？」

聽到這話，虎爺的表情忽然轉換。「那些妖怪要是接近的話我能感覺到。而且他們打不贏我，應該不會貿然前來……不過你說得沒錯，我們也不能太大意。我增加一些巡邏的時間吧，也會固定去檢查這座山的迷障是否解除。不過……」他停頓了一下。「阿遼，你也要小心，我很擔心他們會趁我離開的時候來抓你。要是有什麼動靜就躲起來，並在心中大喊，讓我知道。」

「在心中大喊就能讓你知道？」

「你畢竟是我最親密的信徒，你的情緒有強烈波動的話，只要不是隔著太遠，我多少能感受到。大概就是心中隱約有點不安的程度吧。總之我不在的時候，阿遼你一注意到奇怪的事情就叫我，好嗎？」

「啊，嗯……」

虎爺抱住我的頭。

「阿遼最乖了。」

我默默地被他抱著，卻沒辦法坦率地感到開心。明明虎爺確實是很保護我，也很為我著想，但為什麼我總覺得什麼地方怪怪的呢？

接下來幾天，我就這樣和虎爺一起待在小木屋裡過著無聊的日子。

因為沒什麼事做，我也只能跟虎爺閒聊，但當虎爺去巡邏的時候就沒辦法了。我在屋裡翻出了樸克牌和各種棋類遊戲，可是一個人也沒辦法玩。

我甚至無聊到開始打掃。這裡雖然無人居住，但卻沒什麼灰塵。虎爺說屋主好像會定時派人來清潔，是剛好我們來的不久前才有人打掃過嗎？我想確認泡麵的製造日期，才想起來我因為失憶的關係，並不知道今天幾月幾號。

每次虎爺回來的時候，經常會抱抱我、摸摸我，有時候我都開始在懷疑他是不是在吃我豆腐了。雖然虎爺是身材很好的肌肉獸人，我被他吃豆腐應該要開心——好像應該是我去吃他豆腐才對——但不知道為什麼，可能是因為他太主動讓我害怕吧，我沒辦法坦率地感到愉快，反而有些下意識地避開他。

但畢竟這裡只有我們兩個，想避開他是不可能的。尤其是晚上，自從第一天他和我一起睡之後，現在睡覺時間他都正大光明地躺上床了。而且他還跟我說……他睡覺時習慣裸睡……天啊，雖然我刻意不去看他，但這樣要忍住實在太難了。

而且我也沒做任何準備……當然，問題不在那裡。不過虎爺在我洗澡檢查是否有熱水的時候，曾經有意無意地提到因為他是神的關係，不是真的實體，所以不在意我身上是否有髒汙。我總覺得這段話暗示意味濃厚，還是說只是我太肖想他的身體才這麼容易誤解？

但即使如此、即使是他主動的、即使他這麼照顧我，我也……沒辦法對他表現得更親密。到底是為什麼呢？果然是因為失憶造成的不安嗎？

過了五天，看我實在無聊到受不了，虎爺決定去查看迷障解除了沒。

「我想應該沒這麼快，但還是看一下吧。」虎爺一邊摸著我的頭一邊說。「看你這麼無聊，我也不想讓你在這裡待太久。不過一旦有妖怪出現，記得要馬上在心中叫我，知道嗎？」

我也沒什麼理由不答應。

虎爺臨走前摸了一下我的臉，依依不捨的樣子。明明他自己說大概半小時就回來的。

在他離開後，我一個人躺在沙發上，看著天花板發呆。

這幾天因為沒事可做，各式各樣的念頭竄過腦中。而在虎爺離開的這時候，我也難免開始思考起讓我越來越懷疑的事……

真的有妖怪在追我們嗎？

畢竟實在太平靜了。五天來毫無動靜，就算妖怪不敢接近虎爺，完全沒有妖怪來探查也很奇怪吧？他們不是想抓我嗎？難道說他們已經放棄了？那樣的話迷障也該撤掉了吧？

我沒有跟虎爺提，一部分也是因為想看看今天迷障是否解除了。

但真正的原因……我也是到現在才意識到，其實我多少是在懷疑……他是否有欺騙我。

畢竟打從醒來之後，除了虎爺，我根本沒見過其他任何人啊！

如果他其實不是虎爺，而是某種老虎妖怪，我也不會知道吧？

他感覺起來是真的很在乎我，我也不願意這樣懷疑他。只是情況真的很不對勁：這麼恰好有個奢華又舒適的別墅、他對我過度殷勤、理應在追我們的妖怪完全沒出現。我如果完全不覺得奇怪才不正常。

但如果他真的騙了我，那又是怎麼回事呢？

至少他對我的關心感覺是真的……

忽然間，我聽到東西撞到窗戶的聲音。

我連忙從沙發上跳下，躲到桌子底下。

呃，但這裡好像很容易被發現又很難逃跑……

我剛躲進來就猶豫了，但又不確定現在移動會不會更危險。沒辦法，我只能繼續躲在桌下觀察情況。

然而並沒有發生任何事。

正懷疑是不是自己聽錯了，不久窗戶又響了一次。這次我聽得更仔細，感覺像是有人在用小石子丟窗戶。

我不敢輕舉妄動，仍然在桌下等。過了一會兒，又是敲窗戶的聲音。我持續等待，這聲音每隔一段時間固定出現，除了發出聲響以外沒有發生其他任何事。

難不成，是在叫我？

我慢慢從桌子底下鑽出來，壓低身子移動到窗戶旁邊。這段時間，窗戶一直固定發出聲音。我不敢探出頭，而是把手放在窗沿上輕敲。

「阿遼大人？」

「阿遼大人！」

外面傳來兩道說話聲。不過，阿遼大人？這是在叫我嗎？

會不會是陷阱？我一時不敢回應。如果他們對我有敵意，應該不需要用這麼複雜的手法，但……這很可能就是虎爺口中的妖怪啊。會不會是打不贏虎爺，又怕我逃走，所以用這種方式引誘我自投羅網？

「阿遼大人，是您嗎？」

「拜託，請回應我們的說……」

聽他們的語氣又不像在騙人……

可惡，到底是怎麼回事啊？

我忍不住想起剛剛對虎爺的懷疑。雖然我也不希望懷疑他，可是現在……這些他口中的妖怪用這種態度來接近我，無論如何，我還是……想聽聽兩邊的說法再做決定。

我深吸一口氣。可能很危險，但我決定賭了。

「是我。」我靠在窗沿下方回答，仍然沒有露臉。「你們是誰？」

「阿遼大人！」

「大人您不記得我們了？」

「不記得。」我坦然說。「不知道為什麼，我失憶了。現在誰都想不起來……」

「大人您失憶了？」

「怎麼會的說……」

「所以我不知道你們是誰。現在到底是什麼狀況？」

他們一時沒回應，聽聲音，兩人似乎迅速交換了一下意見。

「大人您現在方便行動嗎？」

「那個虎爺不知道什麼時候會回來，得趁現在帶您離開的說……」

「所以他真的是虎爺？」由他們的口中得到證實，我不知道該不該安心。「那你們真是妖怪囉？」

「是的說……」

「可是，我們不是壞妖怪！我們是您的家僕！」

「呃……妖怪家僕？」

「是的說。」

「您不記得了嗎？可是現在沒時間說明……」

「不說明我就不會跟你們走。我失憶了，你們懂嗎？現在我根本不知道你們能不能信任。如果不把狀況跟我說清楚，我絕對不會離開這棟房子。」

「嗚……」

「阿遼大人……好吧，那我們簡單說明。您是我們少主的朋友，呃，非常親密的朋友。我們平常就被他指派侍奉您，而您前幾天和少主上山遊玩，似乎遭遇了攻擊……」

「我們也是聽少主轉述的說……不清楚詳細情況……可是少主很生氣的說。」

「我們幾個妖怪發現您被抓，連忙對山頭布下迷障。但我們沒辦法一直封住整座山，這次也是好不容易那個虎爺離開，才敢偷偷接近這邊。」

「所以希望您能趕緊和我們逃走的說……」

我不禁猶豫。他們說的話有很多我想吐槽的地方，像是為什麼我會有個朋友要好到願意派他家的妖怪來服侍我，但如果這是撒謊的話應該會說個更高明的謊言吧？然而主要還是因為失憶，我根本無從判斷他們說的是不是真的。

「我……不知道。但我不能貿然跟你們離開，要是你們其實是想躲過虎爺把我騙走怎麼辦？」

「嗚嗷……」

「阿遼大人，時間不多啊！那個虎爺回來就麻煩了！」

「就算你們這麼說，但虎爺也沒有想要傷害我的樣子。我不能冒險。」

「嗚……那不然……」氣勢比較弱的聲音回話，「阿遼大人今天先不跟我們走，但是……我們可以經常回來，說服阿遼大人？」

「什麼？這很危險啊！要是我們被抓到就完了！」

「可是……現在阿遼大人不跟我們走也沒用的說……」

「這個……」

兩個聲音陷入沉默。

「就這樣吧，」我決定幫他們一把：「我確實不可能現在跟你們離開，但我可以保證不會跟虎爺說你們的事。你們下次再來的時候，我會好好聽你們說明的。」

「嗚嗷……」

「嗯……好吧，知道了。我們會盡量找機會再來的。為了保險，我們先走了，阿遼大人保重……」

「……你們也保重。」

他們沒有再回應，想來是離開了。我在他們離開前探頭往窗外看了一眼，只見窗外的兩個身影，似乎是一黑一白的……犬獸人？他們穿著有點像日式料理店會出現的那種工作服，看起來確實很有家僕的氣氛。

不過這跟他們是否說了實話是兩回事，我暗暗心想。

他們離開後，沒多久虎爺就回來了。不出所料地迷障還沒撤除，畢竟那兩個妖怪要是還想找我，就不可能解除迷障讓虎爺把我帶走。

虎爺為此一直道歉，說不希望把我關在這種沒事可做的地方。

我當然跟他說沒關係，不過在剛剛和那兩隻犬妖怪見面之後，我對他的懷疑多少增加了些，這讓我沒辦法真誠地安慰他。

與此同時，正好虎爺提議為了盡快帶我離開，他打算兩天就去探一次迷障。也就是說，我每兩天就有一次和那兩個妖怪見面的機會囉？我暗暗把這件事放在心裡，盡量表現出平常的樣子。

之後，一部分也是為了調查虎爺是否有騙我，我在跟他閒聊的時候，開始頻繁地問起老家的事。然而虎爺也都會回答我，細節也很清楚，感覺不像是編出來的。應該說能編出這麼詳細的故事的話他也很厲害。

不過……我畢竟也只和那兩個妖怪見過一次面，說不定他們也能回答出差不多詳細的內容？

我到底……是什麼人呢？是林家的乩童，還是某個有錢少爺的好友？

實在是不知道什麼才是正確答案。

* * *

我乖乖在家等了兩天，而當兩天一到，虎爺離開去檢查迷障，那兩個妖怪就出現了。

這次他們一樣敲著窗戶，我則是先在窗戶旁躲著，確認外面是他們才回應。

「阿遼大人！」

「大人午安的說。」

「呃……午安。」這時候我才有機會好好觀察他們。他們給人的感覺就像兩個一黑一白的犬獸人青年，犬種感覺……像一般土狗？他們比我還高一點，穿著寬鬆的工作服，因為衣服夠寬的關係，從衣襟間可以看見明顯的……事業線，這難免讓我有些分心。

「怎麼看你們今天挺開心的？」

「沒有啦，知道大人沒事嘛。」黑色那隻開朗地回答。

「雖然不能跟大人相處太久……可是只要大人沒事，慢慢跟大人說明就好了。希望大人能盡快信任我們，跟我們離開的說！」

「這個……我盡量啦。」他們的態度這麼親切，我不太想讓他們失望，但我也不想讓虎爺失望。雖然照目前的情況，他們兩邊應該一定有一邊說謊。

「那麼今天你們來，是打算跟我說什麼？」

「當然是阿遼大人跟我們的關係啦！」

「還有阿遼大人的過去的說……」

「我跟你們的關係？你們不是我朋友的家僕嗎？」

黑色那隻露出大大的笑容。「不只喔！阿遼大人跟我們的關係可好了，就連晚上也都是我們服侍阿遼大人的說！」

等等等等一下！怎麼一來就是這種話題！

「你、你是說你們兩個一起？」不不不我在問什麼重點不是那個吧？

「對呀！」

「阿遼大人……很溫柔的說。」什麼地方溫柔！

「不，等等，這不是……我是怎麼會跟你們……不對啦！」我忍不住大喊。「所以你們到底跟我是什麼關係？我跟你們家少爺呢？為什麼他會把他的家僕借給我？」

「阿遼大人連少爺都不記得嗎？」

「少爺會很傷心的說……」

「就說我失憶了嘛！所以到底是誰啦！」

「這個……」兩隻土狗面面相覷。「是阿遼大人的伴侶。」

「伴侶？少爺？」

兩隻土狗一起點頭。

「我是男的耶？」

「是，沒錯啊。」

「我們在阿遼大人眼中也是男的說。」

你們也很清楚嘛……不對，有這麼開放了嗎？還是我的認知有問題？我忍不住頭上冒汗。

「所以就是……我的男友？然後他的家僕就是我的家僕？」

「是的說。」

「大人當初也很開心的說。」

因為獲得兩個犬獸人妖怪家僕所以開心嗎？也不是不能理解啦我自己。

「所以我跟那個少爺在一起嗎？多久了？」

「快一年了說。」

「不過沒有公開，因為家裡長輩不支持。明明妖怪們都覺得沒差的。」

因為是妖怪所以才沒差吧。對大家族來說，跟同性在一起就無法傳宗接代，如果是獨生子就更在乎了。這也是難免的事吧。

「少爺很傷心的說……」

「所以我們偷偷出來幫他！」

我舉手打斷。「呃……所以那個少爺叫什麼名字？我是怎麼跟他認識的？」

「少爺叫顏書齊！」

「是大人的社團學長的說……」

這名字我確實有印象。所以他們說的是實話嗎？

「少爺身上有妖怪附身的說。」

「阿遼大人有靈力，能看見少爺身上的妖怪，然後就認識了！我們也是這樣跟阿遼大人熟起來的。」

哪裡來的漫畫劇情……好吧，我眼前都出現獸人妖怪了，好像也不該抱怨。

「所以就在一起了？」包括你們晚上來服侍我？「那我怎麼會被這個虎爺……綁架的？」

「我們也不知道哪來的虎爺！」

「突然攻擊阿遼大人和少爺……」

「少爺雖然有妖怪的力量，但打不贏他。結果反而因為是妖怪而被趕跑，沒辦法一起陪阿遼大人……少爺也很自責……」

因為是虎爺嗎……哎呀呀，感覺我這個男友和虎爺不太合。

當然如果這些是事實的話啦。

我又問了一些關於這個少爺男友的情報，例如我們是在熱舞社認識的、他的老家很大但是和他關係不好、在我進入大學發現他和妖怪有關之後就在一起了等等。他們的回答也都很詳細，和虎爺的詳細程度差不多，但兩邊應該不可能都是真的……

雖然還有許多事想問，但為了保險，他們不敢待超過二十分鐘，於是後半的提問也只能草草了結。

現在兩邊給我的感覺都很可信，而且態度也都很親切。我實在不知道該相信哪一邊，但是……

他們也說了他們給這座山下的迷障不可能維持太久，要我在那之前下定決心。我該怎麼辦？

就這樣，我每隔兩天就會和那兩隻土狗妖怪見一次面。

雖然見面的時間很短，但隨著次數增加，我也和他們漸漸熟了起來，越來越覺得他們是一對可愛的兄弟。

好像還是雙胞胎兄弟的樣子，但外表一點都不像呢。雖然妖怪本來就沒有雙胞胎的概念，會說是雙胞胎是因為他們是在同一個地點因為同樣的原因而產生的妖怪……

說起來妖怪到底是怎麼產生的？這部分太過複雜，我始終沒有機會好好聽他們解釋。

不過，我因為他們兩個而對虎爺產生的疑心，好像也終於被虎爺注意到了。

那天我正和兩個妖怪聊到一半，黑色土狗忽然緊張起來。

「那虎爺提前回來了！」

「糟糕，唔哇……阿遼大人，我們先撤了的說！」

我眨眨眼。「啊，好。」事關他們的安危，我也就不拖延他們，馬上讓他們走。

而我也走到廚房，假裝正在處理泡麵……雖然泡泡麵只要三分鐘，不過還要燒熱水。

然後，就在我拿起泡麵，猶豫著什麼時候打開比較好時，虎爺猛然打開門。

他一進來，就直接衝到我面前。

「阿遼，你最近是不是在躲著我？」

「咦？」我一瞬間想到土狗兄弟，但他說的是躲著。我又只能待在這房子裡，怎麼躲著他啊？

「沒、沒有啊？」

「但是你最近明顯比較少跟我說話。」虎爺步步逼近。「你……是不是有妖怪騙你？他們是不是跟你接觸了？」

「呃……」糟糕，我不知道該怎麼反駁。這話問得太突然了，我完全沒有準備。

「果然是！」虎爺搥了一下牆壁。「阿遼，你為什麼不聽我的話？我不是跟你說他們出現就叫我嗎？」

「可是，他們沒有想傷害我……」我吞了吞口水。「他們也沒有要把我綁走，而是努力跟我解釋。如果他們想害我，應該……」

「那是因為他們騙你啊！」虎爺大喊。這時他已經來到我面前，高大身材造成的壓迫力驚人。「他們想讓你自己跟他們走。這就是他們為什麼要讓你失憶不是嗎！」

「我……我也知道可能是這樣……」

「那為什麼不跟我說？」

我不知道該怎麼回答。

沉默了許久，虎爺緩緩、但沉重地開口。「你在懷疑我？」

「……我不知道該相信誰。」

「為什麼不相信我？我可是你家虎爺。」

「但你也知道我失憶了，根本不能確定你是不是我家虎爺……」

「那他們又是你的什麼，讓你去相信他們！」

「我……我也不知道，他們說是家僕……」

「那算什麼？僕人？妖怪？別開玩笑了！」

「可是我就是不知道啊！」我忍不住也喊了出來。「我真的不知道該相信哪邊。既然他們沒有想要硬來，那讓我先打探一下，知道更多之後再……」

「再怎麼樣？再跟他們走嗎？」

「我不一定……」

「阿遼，你失憶了的話，就根本沒辦法判斷哪邊是真的。而我，被困在這裡，也沒辦法證明我說的話是真的。你只能選一邊相信。」虎爺的聲音隱約顫抖。「阿遼，我是你的虎爺。請你……相信我……」

「我……」我避開了視線。「我就是……不知道……」

「好吧。既然如此我也只能硬來了。」虎爺說。「我要強行喚醒你的記憶。」

在這麼說的同時，虎爺抓住了我的手，把我按到牆上。

等等，這動作，該不會是所謂的壁咚？但是，看著眼前虎爺憤怒的表情和他的身高造成的陰影。壁咚應該沒有這麼嚇人吧？

「你、你要做什麼……」

「做些你以前會做的事。」虎爺頓了頓。「你以前可是很喜歡的。」

說完，虎爺一把吻住我。

我嚇了一大跳，直覺想要把他推開，然而我的手早就被抓住了。不是說我不喜歡，但這麼突然誰都難以接受吧？而且，就算虎爺這幾天都對我很溫柔，這種強迫的方式我還是……

虎爺把舌頭伸了進來。那粗糙到帶刺的舌頭，我直覺想要舔回去，但又有些抗拒。什麼啊，說我以前喜歡，那我現在的意志就不重要了嗎？

「唔……唔嗯！」

我最終還是掙脫了開來。

「阿遼……」

眼看我不領情，虎爺也放棄了。但他並沒有放開我的手。

「阿遼，我是為你好。你絕對不可以跟他們走！」

「我……」

我一時間想要喊回去，然而想到虎爺這幾天的溫柔和示好，又狠不下心。

「讓我自己決定，好嗎？」

「……怎麼可能讓你自己決定。只要迷障解除，你能回家，你就……」

「我知道，可是……」

「那就……答應我不要跟他們走……」

我猶豫了。然而……不知道為什麼，我還是有種難以放心的感覺。

「如果他們真的騙我，我總會知道的。我會小心，不會隨便跟他們離開。可是，還是讓我自己決定……好嗎？」

「阿遼！你怎麼就這麼不懂事！」虎爺用力搥牆。這次他就搥在我頭上，嚇得我心臟狂跳。

「我不可能讓你被他們拐走！」

「那就讓我被你拐走嗎？」

「你！」

虎爺瞪著我喘氣。但我也不願示弱，雖然其實膝蓋有點不穩，我還是盡可能直視他。

「所以……所以……那些妖怪不見就好了吧！」虎爺一甩手。「我去把他們找出來！翻遍整座山也要找！」

「等等，虎……」

然而虎爺已經衝出門了。

我看著他甩上門，接著，緩緩坐倒。

果然跟虎爺對峙的壓力還是太大了……

可是，他也不用那麼生氣吧？雖然我可以理解，如果他說的是真的，那眼睜睜看我被妖怪騙走，他絕對不樂意。可是我現在就是沒辦法確定那邊說的是真話，比起生氣，和我一起證明另一邊說謊還比較好吧？

就是他總是這麼強硬我才……咦，總覺得這個想法……

「阿遼大人！」

我轉頭，兩個妖怪兄弟已經在窗外招手。

「我們感覺到虎爺忽然離開的說……」

「嗯……」我看向門口。「他生氣離開了。」

「這可是個好機會！阿遼大人請快點跟我們……」

「現在不要吧。」我打斷他們。「我還是不知道你們誰說謊。這時候趁火打劫就太不厚道了。」

「這個，不是趁火打劫的說……」

「就是說啊，阿遼大人好不容易有逃走的機會耶，不是注意厚道不厚道的時候吧？」

我沒有回答，過了幾秒，他們似乎也注意到我表情不對。

「那個……既然阿遼大人想要……」

「也、也是啦，我們就再等等好了。」

「可是，難得的好機會……」

「阿遼大人至少跟我們聊聊吧？在那個虎爺回來前。」

我慢慢移動到沙發上。

「聊聊的話……也是可以啦。」雖然現在有點沒心情，不過確實需要確認狀況。只要能證明是哪邊說謊的話，我也不用承擔這些心理壓力了吧。

於是，兩隻土狗坐到了我對面的沙發。不知何時，桌上甚至出現了三杯茶。我跟著他們一同拿起茶杯。

「……這是怎麼出現的啊？」我看著手中的茶杯。

「我們是控制幻覺的妖怪的說……」

「也是靠這份力量才能做出迷障的！」

「所以這個茶杯是幻覺？」

那個茶杯不管是顏色、觸感、還是茶的香氣都很真實。淡淡的茶香，和這個裝潢高雅的小木屋相當相配。

「雖然不能真的解渴，不過放鬆心情的效果還是有的！」

「因為感覺阿遼大人很累……」

我淺笑了一下，確實這兩個傢伙也很照顧我呢。真是的，一定得有哪邊是在說謊嗎……

我輕啜了一口茶。嗯，這種微甜又圓潤的香氣，以及持久的回甘。是日月潭紅玉吧，真是連我喜歡的茶都很清楚呢……

咦，我喜歡這個茶嗎？我應該失憶了的，這麼說……

「阿遼大人心情不好的話……」

「要不要久違地來那個一下呢？」

土狗兄弟突然說。

「嗯？那個一下？」

「就是那個……」

「我們可是有經過少爺允許才做的喔！」

怎麼總覺得這段對話暗示意味濃厚……特地講成那個到底是什麼意思啊！這是打算引導我誤會之後再讓我丟臉的陷阱對吧？

「所以那個是哪個啦！」

這時，兩隻土狗坐到我左右兩邊。

「那個就是那個的說……」

白色土狗靠著我的耳朵輕語。

「真是的，阿遼大人，我們也是會不好意思的啊。」

黑色土狗靠了過來，拉起我的手放到他的胸前。說得明確一點，是讓我的手從他的衣襟中伸進去。

等等，所以真的是那個意思嗎！不對吧不對吧，就算說少爺答應什麼的！一般可以這樣的嗎？

「阿遼大人完事之後心情都會比較好的說……」

白色土狗把我的另一隻手放到他的大腿上。不得不說他的大腿肌肉很結實，手感很好……

「我們也，想讓失憶的阿遼大人回憶一下。說不定就會想起來了呢！」

黑色土狗以開朗的語氣用我的手在他胸前亂摸。之前讓我印象深刻的事業線，現在直接用手感受到了。

「不不不不等等等，這種的我不太習慣喔！」

「明明就做過很多次了說……」

「但我失憶了啊！現在在我的記憶中毫無經驗喔！」

「只要阿遼大人的身體還記得就好了啊。」黑色土狗笑著回答。同時他也把我的手往下帶，腹部的毛很柔軟，底下的肌肉更是紋理分明。

「所以我們才要幫阿遼大人想起來的說……」白色土狗則是把我的手往上挪。越來越接近重要部位，眼看就要抓到了。

「所、所以說不行啦！」我害羞地把手抽回來。「真是的，為什麼感覺你們都想盡辦法想要跟我發生關係啊！」

「可是，明明就做過的說？」

「阿遼大人第一次跟我們做的時候也是印象深刻啊，肯定能幫阿遼大人記起來的！」

「那個虎爺也是這麼說……哎唷！我不知道啦！」即使把手抽了回來，因為剛才的動作，他們兩個的衣服也顯得凌亂。

「總之我還……現在的我印象中你們就是陌生人啊！不要隨便亂來啦！」

「那就、當成重新認識……」

「就是說啊，做過之後就不是陌生人啦。」

「等等，所以你們兩個是想硬上嗎？」

「才不會強迫阿遼大人的說……」

「阿遼大人難道不開心嗎？」

臉紅心跳的話確實是有，但實在很難說開心啊！

「總之不行！」我還是把他們推開。我都沒有跟虎爺做呢，要是跟他們做，不就像是選擇相信他們一樣嗎？雖然像是歪理，但我現在的心情確實是這樣。

「這種事情要公平啊，我現在還不知道你們和虎爺哪邊說的是實話。我怎麼能跟你們……」

兩隻土狗對視一眼。

「那就兩邊都做做看？」

「總要有個先後順序的說……」

等等等什麼？

「我們也不可能和那個虎爺一起的說……」

「所以說，我們先來，之後阿遼大人要是不相信我們，再去跟那個虎爺做就好啦。這樣就公平了吧？我們說的是實話，所以到時候阿遼大人肯定也會注意到的！」

「你們根本就只是想做而已吧！」我忍不住大喊。

「可是，阿遼大人的靈力很強……」

「能跟阿遼大人做我們也有好處啊，這麼想很自然吧？」

我怎麼想都不覺得啊！就算是妖怪也太開放了吧！

不過如果說跟我做有助於他們的力量增長的話，難道虎爺也……感覺不太可能？

「所以，拜託了……」

「阿遼大人……」

為什麼要用淚眼汪汪攻勢啊！跟你們的形象有差好嗎！

可惡，這樣看來真的是沒辦法拒絕了……但為什麼我的心中總有揮之不去的違和感呢？

是因為總覺得他們在這方面都太過積極嗎？

就連虎爺也是，從一開始我就覺得他一直在暗示我可以跟他做，就連剛剛都強吻了我。這真的是虎爺該做的事嗎？妖怪為了力量想要跟靈力強的人發生關係我還可以理解，但虎爺可是神明，就算可以從我身上獲得靈力，也不應該這麼做吧？

其實我也說不準，畢竟我失憶了。但我就是覺得不對。

「阿遼大人？」

「嗚……阿遼大人就算不想要，發呆也太過分了說……」

「不，我只是……」

總覺得……好像發現了什麼很重要的事。剛剛他們是怎麼說的？我記得……

「那個……你們說，你們是擅長幻術的妖怪對吧？」

「對呀。」

「是的說。」

「所以你們可以變成不同形象？」

「是的說……」

「我們可以配合阿遼大人的喜好改變形象喔！要角色扮演也可以！」

「那麼……要做出特定場景也可以嗎？」

「是的說。」

「阿遼大人要求好高呢。不過沒問題喔！就算想要在背景加入群眾演員都行的程度！」

做的時候加入群眾演員是想怎樣啊，一堆人視姦嗎？

「那麼，也可以直接創造出一個幻境來囉？」

「是……的說？」

「如果只是讓阿遼大人作夢的話，那還比較簡單呢。可是我們沒有加入就不行啦！」

我點頭。「那麼，這個幻境也是你們做出來的吧？」

兩隻土狗僵住了。

「阿遼大人，怎麼會……」

「就、就是說啊。阿遼大人怎麼會這麼想呢？我們哪有那麼厲害做出整個幻境……」

「這跟你們剛剛的說法不一樣。而且，假如不是你們做的，為什麼要這麼緊張？」

「才，才沒有緊張呢！」

「只是、怕、阿遼大人誤會……」

「不對。我從一開始就覺得奇怪了，既然是上山玩，為什麼我身上竟然沒有手機、錢包或其他出門必備的東西。如果是照虎爺說的我被妖怪綁架，還有可能是妖怪把手機拿走，但如果是照你們說的我被虎爺綁架，那虎爺應該沒有地方可以藏我的手機才對。當然不排除有其他意外，所以我也不是靠這個就下定論……」我哼了一聲。

「其他可疑的地方也很多。像是這個小木屋的設定也未免太方便了，明明沒人住卻水電器材一應俱全甚至沒有灰塵。虎爺的態度也很奇怪，雖然我問的事情都會回答，卻不一點都不急著讓我恢復記憶。迷障也是在我碰不到的地方、明明被妖怪追殺，出現的妖怪卻只有你們兩個。當然這些都不算決定性的證據，只是加在一起很奇怪而已。然而當你們說你們會幻術的時候，我才想到……如果這些都是幻境的話就說得通了。所以我就試探了一下，只是沒想到你們這麼不會說謊。」

「唔，什麼嘛，我們可是一直成功騙阿遼騙到現在耶！」

「那個，不能承認的說……」

黑色土狗一臉現在才注意到自己說錯話的表情。

「啊，嗚……」

「所以是怎樣？你們想要吸收我的精氣還是幹麼？」不然為什麼一直引誘我呢？

就連虎爺那邊都總是想拉我上床的樣子。

「才不是呢！」

「但是……就算告訴你……也沒有用的說……」

「為什麼沒用？你們打算硬來嗎？」

「硬來就更沒用了。」

「所以不會做的說。」

他們突然開始自說自話起來。

「如果這樣就沒辦法了。」

「也只能這樣了說……」

「反正……」

兩隻土狗對視一眼，點了點頭。

「反正再來一次就行了！」

「我們，不會認輸的說……」

他們兩個從沙發上站起來。看他們的態度，我有一種不祥的預感。

「再來一次什麼？」

「跟你說了也記不住的說……」

「記不住也說啊！至少現在我想知道……」

「沒有用的！」

「阿遼，抱歉……下次見了……」

兩隻土狗將手放到一起。

「等等！」

畫面一黑，我還搞不清楚怎麼回事，就失去知覺了。

幕間

「嗚——為什麼會被發現啦！」

「不小心……說太多了說……」

「好不容易安排的劇本……這次失敗就不知道該怎麼辦了啦……」

「都是你說溜嘴……」

「嗚——雖然可以重來，但接下來怎麼辦？」

「雖然失敗了……但這次發現了阿遼很溫柔……」

「阿遼人真的很好呢！」

「所以……利用他的溫柔……再換個人……讓他關心我們……」

「換人啊……這樣的話，讓他來比較好？」

「我也這麼想的說……」

「嗯……好，那大概這樣……這樣……」

「這樣這樣……」

「好！那就試試看吧！遊戲再開！」

「再開的說。」

第二章 雲豹

是看過的天花板。

雖然說是看過的天花板，卻不怎麼熟悉。有種不太確定這裡是哪的感覺……我想要去數天花板的水漬，然而找了很久，才想起木頭天花板不會有水漬。

所以，這到底是哪裡啊？

還有我是誰？

這麼經典的開場我竟然還覺得好像在哪裡見過。

所以我是失憶了嗎？

到底發生什麼事了啊我！

……等自我吐槽完跟讓腦袋清醒後，我從床上坐起來，總算能仔細打量這是什麼樣的地方。

這裡看來是一間寬廣的小木屋。整個房子沒有隔間，只有以樓中樓形式劃分出來的二樓，從床上稍微探身就可以一覽整個客廳。屋子的裝潢簡單素雅，整體採光良好，連天花板都有窗戶，四面加上上方透入的陽光，讓整棟屋子都彷彿照進了山林的色彩。床躺起來很舒適，棉被也很溫暖。

然而感覺很陌生。

也不是那麼陌生，總覺得我好像來過，但不覺得這裡是我家。為什麼會有這種感覺我也不知道，或許是因為太奢華了吧。我會因為過度奢華而感到不安，看來至少這不是我平常住的房子。

另外還有一個讓我覺得這不是我家的原因是……

在棉被底下的我是全裸的。我覺得我應該沒有裸睡的習慣，所以……

我是撞到頭之後被人送到這裡來嗎？出車禍然後被有錢人帶回家之類的？這種總裁系劇情？

不可能會有這麼巧的事吧啊哈哈……

我看了看床頭，沒有我的衣服，當然也沒有手機錢包鑰匙。沒有衣服的話我要怎麼下床？難道只能用棉被裹著嗎？但是包著這麼厚的棉被在這種高級房屋裡走動總覺得有些失禮……

我正煩惱著，就聽到了有人上樓的聲音。

沒人開門，所以是從樓下我看不到的地方上來的。那應該是這房子的屋主囉？我期待地往樓梯看去，卻看到了驚人的景象。

一位獸人正端著木頭托盤走上來。

看他身上的斑紋和尾巴的紋路，是……雲豹？雲豹的獸人嗎？話說怎麼會有獸人出現在眼前？

不過和那些比起來更重要的是——這也是我能觀察他身上的紋路的原因——這個正走上來的雲豹獸人……

是裸體圍裙的打扮。

而且因為圍裙很小的關係，不說肩膀胸口了，就連腰部都看得一清二楚！根本只是勉強能遮住肚子和重要部位的程度而已啊！而且他身材又很好，肌肉線條紋理分明，稍微斜一點看的話屁股都……啊說起來裸體圍裙好像本來就會露屁股？

但是，為什麼會有個獸人青年以一副裸體圍裙的姿態拿著托盤走向我啊！上面還放著碗盤，一整個看起來就是送床上早餐的氣勢啊！

如果是屋主的話應該不會這樣吧？話說回來獸人屋主是怎麼回事？印象中獸人應該是幻想中的存在啊！

啊，還是說，該不會我穿越到異世界了？時下最流行的輕小說題材！說不定和我的失憶也有關係？

如果真的是那樣我會很高興啦，可是……

在困惑間，雲豹獸人已經向我走來。

「阿遼，早安。」

說著，雲豹將那個托盤送到我的膝蓋上。這時我才又意識到自己是全裸的，連忙抓起棉被遮住上半身。

看到我的動作，雲豹側過頭看著我，彷彿我做了什麼奇怪的事。

……這個新婚夫妻的氣氛是怎麼樣啊？

「呃……那個……早。」他說的阿遼是指我吧，這裡也沒其他人了。但我認識他嗎？我應該認識他吧？我現在完全想不起來了，怎麼辦，要跟他說嗎？

「吃早餐。」他把筷子遞到我的手中。

……總覺得完全不是那個氣氛啊。

我一手拿起筷子，一手抓著棉被，看向早餐。托盤上放著一碗魚湯、一盤看起來像煎魚板的東西，一份炒青菜和白飯。整體感覺挺清淡的，不過這些菜餚我都沒見過。

魚湯還好，跟司目魚肚湯很像，那個魚板則是外面像年糕中間是魚肉泥，有點像麻糬的口感，還挺好吃的。青菜則是某種葉子捲捲的蔬菜，脆脆的，不知道是什麼……雖然也挺好吃啦。

吃了一點之後肚子也餓了起來，我很快就把大部分的早餐給解決掉。然而快吃完時，那個雲豹拉開了棉被，坐到我的旁邊。

……我這時候還是全裸的，他身上也只有一件圍裙。他的腰貼到我的身側，毛茸茸的觸感、肌肉的彈性和他的體溫都傳了過來。

這、這有點太直接吧？我勉強抑制住快要流出來的鼻血，假裝自己不在意。然而畢竟不可能真的不在意，我吃飯的速度立刻就慢了下來。

「阿遼，吃飽了？」

雲豹貼在我身旁問。

「沒、沒有，只是……」

我支支吾吾地說，雲豹見狀，把我手中的筷子接了過去。

然後，他夾起一片魚板餵我。

——我的意識受到太過強烈的刺激衝擊，雖然想婉拒，但陷入混亂的嘴巴卻呆呆地張大，於是雲豹就把魚板送了進去。

……我也只能嚼了。

雲豹把剩下的食物都塞進我口中。我只能機械式地動作，腦袋完全陷入空白狀態。

「阿遼，吃飽了？」

「嗯、嗯……」

雲豹拿起紙巾幫我擦了擦嘴，起身端起托盤下樓。

……這到底是什麼狀況？

我剛剛還一直覺得我應該不住在這裡，但為什麼那個雲豹對待我卻一副我才是屋主的樣子？如果他是屋主，應該不可能這樣照顧客人吧？也不是說完全不可能啦，但是……

難道這真的是我家？

但就算這樣，那個雲豹又是什麼人啊？

我還是搞不懂狀況，想要下床卻又沒有衣服。旁邊雖然有衣櫃，但要下床才拿得到，我又不知道雲豹什麼時候會回來，不敢隨便下床。如果說我是屋主，難道我平常都裸睡嗎？而且把衣服收在床上拿不到的地方，所以我在房子裡都全裸到處跑？

我絕對沒有這麼開放吧！

狀況越來越奇怪了……

「阿遼？」這時雲豹從樓梯上探頭。「不起床？」

「呃……」我猶豫著不知道該不該開口。「那個……我的衣服在哪？」

雲豹指向旁邊的衣櫃。沒有要幫我拿，也沒有打算離開的樣子。我自然也不可能在這種情況下離開被窩去拿衣服，於是就只能和他大眼瞪小眼。

「阿遼？」

「是……」

「衣服？」

「那個……你可以先下去一下嗎？」

雲豹的頭上彷彿冒出問號。但他還是照我說的乖乖下樓。我連忙趁著機會跳出棉被，打開衣櫃。

幸好裡面的衣服都很正常，樣式也很簡潔。我隨便抓了件衣服褲子套上，走下樓。

在客廳後方，是廚房和盥洗區域。浴室很大，而且是開放式的，只有用玻璃門隔開乾溼區域，沒有可以遮蔽的東西。這樣的話洗澡很不好意思吧？我一想到需要洗澡的時候就頭痛，但更糟糕的是想到雲豹洗澡的樣子……

不行不行，鼻血真的要流出來了。

這時候雲豹正在廚房洗碗。我走過去想要幫他忙。

「阿遼？」

「怎麼了？」

「我來就好。」

雲豹堅定地把我趕回客廳。我無奈地坐到沙發上，這時我忽然發現客廳沒有電視。

看了整棟房子的格局，我覺得這裡是個奢華、高級、現代化的房屋，怎麼竟然會沒有電視呢？我在沙發上無所事事地滾來滾去，不久後，雲豹一邊擦著手一邊來到客廳。

「阿遼，今天怪怪的。」

雲豹坐到我身旁，看著我說。附帶一題他還是維持著裸體圍裙的姿態。

「啊，你注意到啦？」

他點頭，然後就沒有說下去了。這雲豹似乎話很少，我有點尷尬，但也只能由我來繼續話題。

「我不知道發生了什麼事情……但我想不起來這裡是哪裡、我是誰。」我摸了摸頭。「我好像失憶了。」

「……失憶？」

雲豹靠到我面前，似乎是想觀察我，但他的貼得非常近，鬍鬚都快要碰到我的臉了。

「阿遼，撞到頭？」

「我不知道。我也不覺得頭痛，但就是什麼都想不起來。所以，我到底叫什麼名字？這裡是哪裡？」

「林天遼。」他簡潔地回答。「這是你家。」

「我家？真的？我住在這麼豪華的地方？」

雲豹點頭。「你家。」

「……好吧。那你呢？你是我的什麼人？」

雲豹側頭。「……伴侶？」

我臉上一紅。好吧，從他的舉動看來，這答案也不讓人意外。

「也就是說……男友？」

「是。」

「可是，你……你看起來是個……獸人？所以你是……呃……什麼種族？從哪裡來的？」

「雲豹。魯凱族。」

「嗯……好吧，那我是怎麼認識你的？」

「我來台北。阿遼見到我。我們在一起。」

未免太簡潔了吧！

我開始想也許我該找別人問這些問題，但這房子看來又沒有其他人。

「這裡只有我跟你一起住嗎？」

「對。」

「我們有其他朋友嗎？」

「有。」

「那你能不能帶我去見幾個？」

他點頭。「對阿遼很重要的人。阿遼去見。」

我鬆了口氣。總算有其他人可以問的話就輕鬆多了。這個雲豹雖然態度很誠懇，但講話太簡潔了，根本沒辦法參考。

「阿遼煩惱。要解決。」雲豹突然站起。「走。」

雲豹說著就拉我起身，接著走向門口。

「……等等！你沒穿衣服啊！」

雲豹回頭看我。幾秒鐘後，轉身走上樓。

小木屋的外面是簡樸的街道，古老的木造房屋林立在山坡上，形成一座地形複雜的山城。我住的小木屋位在稍微偏離山城的邊角上，地勢偏高，在通往山城的坡道上，差不多可以俯視整座山城。

雲豹帶著我在山城中前進，路上行人不多，不過幾乎每個都會跟我打招呼。看來我似乎真的是住在這裡。只是這樣的話，我的父母呢？我不用去上學嗎？總覺得還是很奇怪……

沒過多久，雲豹帶我繞上另一條上坡道，來到一座廟宇前。廟前有一片廣場，有許多人在台階上聊天，旁邊還有些未拼裝的木材和布篷，似乎在做什麼準備。雲豹繞過他們，跨過廟前門檻，直接走進廟裡。

我們來到大殿，這間廟的主神似乎有兩位，並排在大殿上。我跟著雲豹過去，發現這兩個神像好像有點眼熟。

而且……該怎麼說……神像的造型比我想像的可愛？已經不像是神像而是像動漫吉祥物的程度了。

雖然有些困惑，但既然站到了大殿上，也不能失禮。旁邊的雲豹已經開始祭拜了，我也跟著雙手合十，對兩個神像鞠躬。

……話說雲豹說他是魯凱族，那應該是原住民吧？原住民怎麼會對廟宇裡的神祭拜……

我正困惑間，抬起頭，忽然眼前一花。

兩個人影往我身上撲了過來。

「阿遼——」

「阿遼好可憐……嗚……」

那是一黑一白的土狗獸人，外表看來只有小學生年紀，小小的相當可愛。不過這個造型……

不就是主殿上的兩個神像嗎！

所以，他們是這裡的神？為什麼突然抱住我？我不知道該怎麼反應，但因為身高太剛好的關係，還是忍不住摸了摸他們的頭。

「那個……你們說我可憐，是怎麼了嗎？」

「阿遼不是失憶了嗎？」

「咦！你們知道了喔？」我還正想說不知道該怎麼解釋，這下就好說了。

「因為我們是神啊！」

「阿遼的事情……我們最清楚了……」

「是喔……」我抓抓頭。「那你們知道是怎麼回事嗎？為什麼我會突然失憶？」

「阿遼……應該是神力負荷太重的說……」

「神力負荷太重？」

「因為阿遼是我們的乩童！」

「我們……經常要透過阿遼來施展力量……」

「久而久之阿遼的身體就會產生負擔。」

「阿遼的身體……會用這種方式來將負擔清空……」

我呆呆地看著他們。

「所以……難道說我經常失憶嗎？」

「也、也沒有經常啦！這只是第二次而已！」

「阿遼……正式當乩童的時間也不久的說……」

「但是這樣的話之後還是會失憶吧？多久一次？」

「嗚……阿遼不要生氣的說……」

「阿、阿遼的身體習慣之後就不會經常這樣了啦！最、最多……十年一次？」

我按住額頭。「十年失憶一次也很麻煩啊。這樣我的人生要怎麼辦啊？」

「我們會幫助阿遼恢復記憶啊！」

「也不是……完全忘記的說。還是會慢慢想起來的說。」

我嘆了口氣。「好吧，我大概知道狀況了。所以我現在也只能慢慢等記憶恢復囉？」

「是的說。」

「也需要再跟我們熟起來的說。不然我們就沒辦法透過阿遼施展力量了說！」

我忍不住斜眼看向他們。「你們是需要我施展什麼力量啊？」

「保護信徒的力量！」

「大家……需要透過阿遼……才能跟我們說話的說。」

「所以我只是幫你們傳話就會負擔大到失去記憶？」

「傳話……要附身到阿遼身上的說。」

「就是起乩啊。總是被神力附體對身體的負擔很大的！」

我摸了摸鼻子。這樣的話會不會有其他方面的問題？雖然有些擔心，但這好像也不是我可以隨便拒絕的事。

「那我要怎麼恢復記憶？」

「做平常做的事情就好！」

「慢慢會恢復的說。」

「……那我現在要做什麼？」

「阿遼就放心去玩吧！」

「好好休息就可以了的說。」

我有點無奈地看了看雲豹，然而他卻抓起我的手。「去玩吧。」就把我拉出廟去。總覺得有種被硬推出來玩的氣氛……

「對了，今天傍晚有繞境活動喔！」黑色土狗在身後喊。

「阿遼別忘了來參加的說……就算忘記了也……」後半句聽不清楚了。

離開廟宇後，雲豹帶著我在村子裡散步。

雖然這裡是個古樸的山城，不過好像也有商店街。靠近村子入口的一側有幾家雜貨店連在一起，甚至還有賣香腸的攤販。上面寫著山豬肉香腸，不過我忍不住會想這種偏遠山村能弄得到山豬肉嗎？應該不是自己去打的吧？

逛著逛著，看到了一家賣古早味麵茶的店。我知道什麼是香腸，卻想不起來麵茶是什麼，好奇之下就進去點了一份。點完才發現忘了帶錢，但老闆娘認識我，跟我說下次再來付就好。雖然不好意思，但我還是開心地接過了那份麵茶——看來是某種甜甜的麵糊。我有點吃不習慣，不過沒有想像中那麼粉，還是挺好吃的。

很快這個小小的商店街就逛完了，雲豹和我在山城裡閒晃，算是熟悉環境，也欣賞一下山林間的景色。我們走到一個偏遠的巷子裡時，雲豹忽然抱住我。

「咦？怎、怎麼了？」對雲豹突然的舉動，我有點被嚇一跳。

「阿遼。幸好你沒事。」

「嗯，我沒事啦。你是擔心我嗎？」

「阿遼忘記我。很害怕。」

說起來雲豹還是我的伴侶呢。一想到這點我不禁臉紅。

「沒什麼。就算忘記了，但你會陪著我不是嗎？那兩個神也說了，慢慢會想起來的。」

「阿遼，不要離開。無論發生什麼事。」

「……好的。」

雲豹放開我，但仍然盯著我的臉。然後緩緩往我的脣上吻了過來。

我直覺想要閃避，雖然馬上覺得不好但又來不及停止，於是變成我稍微側開，讓他只吻到我的臉。

「……阿遼？」

「啊，沒什麼。只是我今天剛失憶，還有點……不太自在。」

其實雲豹很可愛，就算和他接吻我也不介意。但剛剛……可能我想法比較保守吧，對我來說雲豹還是今早第一次見面，不想發展得那麼快。雖然我知道對雲豹來說只是做平常的事而已……

氣氛一下子有些尷尬，我趕緊拉起雲豹的手走出小巷子。我們回家拿錢，去吃了點午餐，也把剛剛麵茶的錢還給老闆娘。

之後我們在店裡多坐了一段時間，我和雲豹聊了聊過去發生過的事，雖然因為他講話太簡潔而問不出個所以然，不過就當成在和他聊天，這麼悠閒發呆了一個下午。

黃昏時分，眼看夕陽漸晚，天色也被染上一抹淡黃。我看著那高掛在群山間的黃色圓盤，正想著這裡真的是個沒有時間壓力的地方，忽然老闆娘跑來跟我搭話。

「阿遼你怎麼還在這！啊不是要去廟會？」

「咦？廟會？」我這才想起來那兩個神有提醒我繞境活動。

「對呀！你怎會忘記！好啦快點去啦，你可不能不在嘿。」

我桌上還放著沒收拾的杯子，但老闆娘一下就把我趕出門了。我也不是對那個繞境活動完全沒興趣，就跟雲豹一起往廟宇方向移動。

比起白天，現在路上的行人明顯多了許多。也有很多人就站在自己家門口聊天，見到我都會主動跟我打招呼。我已經完全忘了他們是誰，只能尷尬地加快腳步。

到了廟前，已經有很多人圍在那裡，兩個神轎也準備好啟程了。穿著黃色廟服的信眾們擠滿了門口，七爺八爺也在隊伍中就了定位。廣場的一角架起了布袋戲攤子，很多民眾坐在那裡看戲，喧鬧的聲音更是加強了人群的活力。

身為主神的黑白土狗坐在神轎上，看到我出現跟我打了個招呼。他們在神轎上的模樣端莊嚴肅，雖然外表還是小孩子，卻比剛見面時要有威嚴得多。這大概就是神要金裝吧，有了信眾在旁邊，威嚴也自然提升了許多。

我到了之後，沒過多久隊伍就出發了。

神轎跨過鞭炮，通過攤販和人群，慢慢往村子裡移動。七爺八爺擺動羽扇和令牌，隊伍中的年輕小哥們開開心心地邊走邊聊天。我和雲豹跟著隊伍，感覺輕鬆自在，就好像我已經參加過無數次一樣。

或許我真的參加過很多次吧？我看著前進的隊伍微笑，牽起雲豹的手。

但為什麼……總覺得有哪裡不協調呢？

神轎拜訪了家家戶戶，看來是打算繞整個村子一圈。太陽很快下山，房屋前掛起了紅燈籠。神轎拜訪了每戶人家，每次在門前停下時，轎上的兩隻土狗神明都會跳下去給屋子祝福。我跟在隊伍中，不時被房裡的大媽叫住，硬塞一些水果或糖給我。到後來我的手實在拿不下，他們甚至連袋子都送了我幾個。

繞境隊伍吆喝著前進，在豔紅的夕陽下，構成了一幅滿載著古早味氣息的畫面。

「阿遼，開心嗎？」雲豹問我。

我有些猶豫，但還是點了點頭。

看到我的回答，雲豹再次露出微笑。他的笑容是如此難得，光是看到就有種值了的感覺。

太陽下山後許久，繞境隊伍終於回到了廟宇前。神轎送回廟裡，剩下的人員在兩側的台階上休息，有人拿來一大桶的刨冰分給所有人吃。我和雲豹也拿了一份。

「阿遼。看，月亮。」

那時我正在用塑膠湯匙挑戰刨冰裡的愛玉和米苔目，隨著抬頭不小心讓米苔目掉出碗裡。

雲豹敏捷地接住了它。

「啊……謝謝。」

雲豹拿起那條米苔目，放到我的嘴邊。我也不好意思拒絕，手上又拿著碗和湯匙，只好張嘴吃掉。

然後，我看向天空。

不知道今天是幾號，但月亮很圓。星星非常明亮，是那種深山中才有的亮度。雖然我們好像真的在深山之中？不過，周圍的房屋還是散發著光亮，加上仍然喧囂的人聲，感覺充滿活力。

好舒服——我這麼想著，看著月亮，同時挖了一大勺刨冰放進口中。

廟會結束後，我和雲豹一起回廟裡，原本想找那兩個神問點事情，卻被他們說今天繞境肯定很累，要我早點休息。雖然我自己覺得身體狀況還好，不過確實今早才剛因為神力負擔太大而失憶，還是多休息比較好。

於是我就被他們趕回那個舒適的小木屋裡。確實是很舒適沒錯，但沒有電視也沒有電腦的屋子，多少有些無聊呢。

接下來幾天，我沒事都會去廟宇和那兩個土狗神明聊天，就連吃飯都習慣在那吃。

畢竟在小木屋裡也沒事做，還不如去找他們閒聊，人多一點吃飯也熱鬧。雲豹也都會和我一起去，我們倆可以說是形影不離；雲豹的話很少，面無表情也讓人很難猜測他的想法，不過我能感受到他的關心，也覺得和他在一起很自在。

我慢慢地習慣了這個山城悠閒的步調，找人聊天、串串門子、泡茶下棋、偶爾和雲豹打情罵俏，不去在意時間之後確實讓人放鬆了不少。

「對了阿遼，差不多該開始重新培養起乩的能力了吧？」

某天吃飯時，黑色土狗對我說。

「起乩的能力？啊，就是讓你們附身嗎？」

「是的說。阿遼需要跟我們熟悉一點的說……」

「嗯？我們現在這樣還不夠熟悉嗎？」

我可是天天都來找他們吃飯，聊天也是無話不談，這還不夠熟悉的話要怎麼更熟悉啊。

「可能……需要一點……身體上的熟悉的說。」

「身體上的熟悉？」

「就是……嗯唔……」

「像這樣！」

黑色土狗撲到我的懷裡，小臉在我的胸前用力蹭。

「哈哈，這樣的話我是無所謂啦。」

「嗯……可能不只這樣的說……」然而白色土狗卻一臉委屈。「要更進一步的……」

「更進一步的？」

「像這樣！」

黑色土狗把臉往我的肚子蹭，接著繼續往下。很快地那個位置，就到了相當危險……可以說不適合他這個外表年紀、同時也不適合出現在神明身上的畫面。

「等、等一下，你在幹麼？」我把黑色土狗推開。

「跟阿遼熟悉點？」

「你是想怎麼熟悉啊！」

「就……那個嘛，阿遼你知道的啊。」他竟然還扭捏了起來。狀況不對吧！

「這怎麼看都是犯罪吧！而且你是神明耶！」

「就是……神明才沒關係的說。」白色土狗說。「神明其實沒有性別……只要能讓阿遼高興……」

「我、我才不會因為這樣而高興！」不管怎麼說都太突然了，而且因為外表的關係，犯罪的意味太強烈了。

「阿遼是覺得我們的外型讓你沒有欲望嗎？」黑色土狗不害臊地說。「其實我們可以改變外型喔，如果阿遼想要的話……」

說著他就變成了一個二十歲左右的青年。外表帥氣身材精實，短背心間露出的胸腹肌線條都很漂亮。「用這樣的形象來也可以的唷？」

「阿遼，我也……」白色土狗也突然變身成青年，然而他的衣服給小孩子穿還可以，變成青年之後，那過短的短褲和露出腋下和側腹的上衣，就有著非常強烈的引人犯罪意味。

我只能說幸好我不是正太控，不然他們平常的樣子其實也很引人犯罪。

「不……等等，這是作弊吧。」我忍不住臉紅了。「就算變成這樣也不要喔！問題不在那裡啦！」

「那問題在哪裡？阿遼喜歡成熟一點的嗎？」說著黑色土狗就變成了三十幾歲的大叔。帶點滄桑的容貌和更為壯碩的身材確實也很誘人，不過問題真的不在那邊。

「不、不是啦。是說這樣太過突然了啦。我不是那麼隨便的人好嗎！」

「又不隨便的說。我們有很好的理由……也給了阿遼幾天的時間……」

「但是……」我一時間無語。「我可不知道……是那樣的意思。而且一般乩童需要和神明做那種事才能起乩嗎！怎麼想都不對吧！」

「可是這是最快熟悉起來的方法。」

「阿遼剛失憶，用這種方式可以最快恢復到能夠起乩的說。」

「難道沒有別的辦法嗎！」

「別的辦法……不夠快的說。」

「這個方法我們也是之前聽阿遼說的。換句話說……我們以前已經做過了啊。阿遼不用介意吧？」黑色土狗一臉嬌羞。

以前的我到底是怎麼了啊！好想回到過去把自己痛打一頓！

「這個……呃……」

我看了一眼雲豹，從剛剛開始他就只是默默坐在一旁吃飯。對於這個話題他沒有表示，但我不確定他是真的沒感覺還是沒表現出來。

「克勞，你沒關係嗎？」

雲豹對著我點了點頭。

「克勞沒關係的啦。」

「之前克勞也接受了的說。」

「還是說阿遼不希望沒跟克勞做過就跟我們做？你在失憶之後還沒跟克勞做過嗎？我還以為你們當晚就會做了說！」

「就是說……畢竟是伴侶的說……」

沒有那麼隨便啦！就算是伴侶，對剛失憶的我來說還是陌生人啊！

「總之我不想那麼快……你們也該讓我有點心理準備啊！」

「對我們來說不需要啊！」黑色土狗手扠腰說。

「阿遼也要……趕快習慣……」

「畢竟聽說附身的時候感覺會很像。」

「……進去的……感覺？」

什麼叫進去的感覺啊！所以這兩隻是攻是受？啊不對問題不在這啦！

無論如何我還是拒絕了他們，那時候我們還在廟裡，無論如何，當場就做起來成何體統。結果吃完飯他們就催我和雲豹回家去，叫我們趕快發生關係、解除心結。為什麼他們能那麼大方地討論這種事啊？還是說，就因為是神明反而不在意？我已經搞不清楚了。

被這麼一鬧，我和雲豹回家後，兩人氣氛反而尷尬了起來。

我和雲豹在沙發上對坐，坐姿端正地看著彼此。

「所以……那個……」我有點不知道該把視線擺哪裡。「你想跟我做嗎？」

雲豹點頭。

「是……要……現在？」

雲豹點頭。

「如果我說我還沒做好心理準備呢？」

「我等。阿遼做準備。」

「所以，之後再做也可以？」

「可以。」

「你會生氣嗎？如果我拖很久的話。」

「不會。但我很期待。」

被這麼說的話，感覺就很難拒絕了。

如果一定要做的話，不如現在吧？

真是的，我怎麼會這麼猶豫呢？李克勞是我的伴侶，和伴侶做愛應該是一件很開心的事才對吧？

「……那就，來吧。我想和你做。」

我們來到了床上。

雲豹幫我脫掉了衣服。即使是自己讓他脫的，我還是不好意思，衣服一脫完馬上躲進棉被裡。雲豹的衣服不知道在什麼時候也不見了，他鑽進棉被裡，輕柔地抱著我。

「阿遼……很柔軟。」

柔軟是什麼形容啊。我羞紅了臉，也跟著回抱他。雲豹比我還高半個頭，我自然地靠在他胸前，享受他的體溫。柔軟的腹毛觸感非常舒服，我一時間有點想一直靠在這裡就好，什麼都不去想。

雲豹抱著我的手漸漸往下。

滑過我的腰，滑過我的臀部。他的動作很溫柔，我不禁因為他指尖的觸碰而顫抖。

他吻著我，雖說是吻更像是用舌尖在舔，而隨著我的顫抖，他舔的部位也漸漸往下。他在我的胸口又吻又咬，接著是肚子，他甚至還輕輕舔了我的肚臍……這種極為溫柔的舉動更是加深了我的顫抖。

不是覺得害怕，而是……

雲豹再度往下，我已經害羞到想要阻止他，手抱住他的頭，但又不敢真的施力。雲豹開始輕舔，同時按住我臀部的手轉移到我的後穴上。他很溫柔地按摩，又是在周圍畫圈又是往中心挑逗，動作非常有技巧。

非常有技巧……

我一個掙扎，還是把雲豹的頭推開了。雲豹停止動作，呆呆地看著我。他的眼神讓我很愧疚，但我還是覺得受不了。我默默地坐起來，拿起衣服披上。

「阿遼，怎麼了？」

我不知道該怎麼說明，連我自己都不太懂。只是一點點的不協調感，但我就是覺得奇怪，沒辦法放心。

「我……出去一下。」即使明知道這樣做很過分，我還是忍不住。套上一件短褲就衝了出門。

因為是在山裡的關係，夜晚很明亮。月亮高掛夜空，把我家門前的下坡路照得無比清晰，連路上的小石子都看得清清楚楚。我衝出來後，也不知道要去哪，就在這下坡道隨便找地方坐下。

沒過多久，雲豹也出來了。

他默默地坐在我旁邊，靠著我。沒有問我問題，這是雲豹的溫柔，但也加深了我的愧疚。我是怎麼了？我自己也不清楚，但就是有種不自在的感覺。這到底是為什麼？

我看著坡下的山城，這裡夜晚沒什麼燈火，只有偶爾一點路燈，像是地上的星星在山間點綴著。但稀疏程度差異很多，沒有光害的天空確實就像銀河，能看到一整片星路延綿而去。

「我說……雲豹，你對那兩個神是怎麼想的呢？」

我就像想要另找話題般開口。

「阿遼的神。人很好。」

「你是怎麼跟他們認識的？」

「認識阿遼的時候，他們就在了。阿遼是他們的乩童，但他們願意和我分享阿遼。我很感謝。」

「是嗎……所以你跑進他們的廟宇也沒關係嗎？」

雲豹側過頭，彷彿不懂我的問題。「他們很好。沒關係。」

「我感覺你好像已經很習慣這裡的生活了。不過你的老家呢？你是魯凱族的，那應該有來的地方吧？」

「老家……」雲豹想了想。「我不在乎了。」

「……是這樣嗎？」我看著遠方山腳。「我沒辦法不在乎。我也是有老家的吧？我的老家在南部，同樣也是宮廟，他們是這麼跟我說的。那為什麼我會來台北呢？為什麼會來當他們兩個的乩童呢……」

我嘆了口氣。「我原本想把克勞的意見當參考的……」

「阿遼喜歡他們，就留下來了。我只知道這些。」

「是嗎。」

我抬頭。「今天就先這樣吧……抱歉。雲豹，今晚可以讓我一個人睡嗎？」

「……阿遼，很傷心？」

「嗯。可能吧，我自己也說不清楚……」

我拍了拍褲子上的灰，回頭走進屋裡，關上門。

雲豹沒有跟進來。

第二天，我特地跟雲豹說不用一起來，一個人前往廟宇。

兩隻土狗神似乎也注意到我氣勢不對，對於我的出現，意外地有些戰戰兢兢的。

「阿遼，怎麼啦？」

「昨天跟雲豹……不太好嗎……」

他們不提的話我還不會這麼直接想起來。

「是啊，不太好。」我頓了一下。「你們很期待我們做吧？」

「不是說好了要做的說嗎……」

「都那樣了，為什麼沒做到底啊！」

「你們怎麼知道我沒做到底？」

「咦、啊，這個，看你心情不太好就想說是不是這樣……」

「……又多嘴了的說。」

這簡直跟承認了沒兩樣嘛。

「你們是不是用幻術還是什麼控制了李克勞？」

「咦？」

「沒有……的說。」

「是嗎？那或許是別的方式。」我說。「他很明顯不正常。不管你們對他做了什麼，我都不能接受。」

兩隻土狗對視一眼。「為什麼阿遼覺得他不正常？」

「就是說……會不會是阿遼失憶的錯覺的說……」

「我覺得……他太不在意我以外的事了。」我皺起眉。「我也不知道。但我覺得我認識他，而現在的他跟我印象中不一樣。總之。不管你們對他做了什麼，我要求你們解除。」

「為什麼的說……」

「又是輸在這種奇怪的地方嗎……」

兩隻土狗看來很失望。

「所以你們承認了？」

「阿遼已經懷疑我們到這種程度就很難了的說。」

「不過阿遼到底是為什麼懷疑我們啊？就算雲豹真的哪裡怪怪的，也不一定是我們幹的啊！」

「不然還能有誰。」我嗤之以鼻。「這個村子的神明只有你們，周圍看來也沒其他妖怪。這麼小的地方，你總不可能說是村裡大媽幹的吧！而且他一個原住民會進你們的廟宇拜拜就很不自然啊。」

「所以是出場人物太少？」兩隻土狗開始竊竊私語。「不，還是因為雲豹的設定……」「可是當初不就是說想要讓阿遼有能夠信任的對象嗎？」

「你們在說什麼啊！」我有點生氣。「不管你們有什麼目的，都不可以這樣隨便利用別人啊。而且克勞自己的想法呢？」

「我們才不管克勞的想法呢。」黑色土狗手扠腰。「我直接問了，阿遼，如果我們放了克勞，你會跟我們做嗎？」

「不不不不等等，為什麼前提是做啊？」我按住額頭。「你們到底想幹麼？」

「我們需要阿遼的力量。」

「這點沒有騙阿遼……」

「不會讓阿遼受傷的。」

「只要阿遼願意幫忙……」

「所以就要跟我做？你們確定不是誤會了什麼嗎？」

「就算誤會了也不關阿遼你的事啦！」

「真的……只能拜託阿遼的說……」

我看著他們，雖然覺得他們一個生氣一個懇求的樣子既可憐又可愛，但也沒理由因為這樣就跟他們發生關係。

「總之不行。你們連目的都不肯跟我說，我怎麼可能願意？而且這種事，再怎麼說雙方也要有一定的信任才做得下去吧……」

「明明一夜情很多的說！」

「不是……肉體喜歡就好了嗎……」

「小孩子不要說一夜情這種話啦！」還是該說神明不要說？總之從他們嘴裡講出來的感覺好糟糕啊！「或許有人是那樣，但我不是啊。我還是希望雙方多少有點感情基礎下再那麼做……你們突然之間就要跟我發生關係，再怎麼說都太急了吧。」

「阿遼好麻煩！」

「感情……很花時間的說……」

「你們有什麼理由著急嗎？」

兩隻土狗沉默不語。我原本也沒打算跟他們撕破臉，只要他們能說明理由，狀況合理的話還是打算幫他們的。我等著他們告訴我著急的原因，他們的表情卻逐漸變得失望。

「果然這次還是不行的說……」

「沒辦法了，再重開一局吧！」

「等等，到底怎麼回事？」

「嗯。那麼……」

我想要制止他們，然而他們沒有理我。大白天的廟宇忽然一下子變得昏暗，甚至漆黑，接著，我就昏了過去。

幕間

「嗚，阿遼太敏銳了啦！」

「我剛才想……是不是因為加入了他認識的人，反而沒辦法處理好的說？」

「雲豹跟我們個性太不合了！根本搞不清楚他想幹麼，沒辦法扮演啦！」

「下次是不是，不要……」

「嗯，就不要再找阿遼記憶中的人了，要是再弄出其他矛盾更麻煩。」

「贊同……」

「不過沒什麼時間了說。原本還以為可以無限測試的……」

「太快被發現的說……」

「希望來得及……」

「只能多嘗試看看……」

「嗯。必須加油了！」

「加油的說……」

第三章 石虎

張開眼睛的時候，看到的是熟悉的天花板。

為什麼明明是熟悉的天花板卻要特別提呢？我也不知道，但總覺得這份熟悉和平常的熟悉不太一樣。

果然是哪裡怪怪的吧？我帶著有些混亂的思緒，讓自己坐起。

我在一張舒適的大床上，來自頭頂的陽光籠罩整個房間，身體因為陽光的暖意而放鬆。窗外可以看見山林，有點涼的空氣徐徐吹入。看來是個美好的早晨——

「阿遼！」一個小小的身體撲到了我身上。

「阿遼醒了……很開心……」然後是另一個。

我眨了眨眼，剛清醒的腦袋有些無法對焦，然而手上那柔軟的觸感仍然清晰地傳來。

撲到我身上的，是一黑一白的兩隻土狗獸人，外表看來年齡應該不會超過十歲。他們鑽到我的被窩裡，對我的態度非常親密。然而我卻不認識他們——至少我覺得不認識。

「阿遼，剛醒來一定覺得很混亂對吧？」

「不用擔心的說。」

「因為這已經是阿遼第三次失憶了呢。」

「很快就會想起來的說。」

「事情我們會好好告訴阿遼的所以可以放心！」

話題進展太快了，我連忙制止他們。

「呃，等等。我失憶了？我……」我正想說哪有這回事，然而試著去想，才發現我想不起來我的全名。「……我真的失憶了？」

「是的說。」

「阿遼的名字是林天遼喔。是我們的乩童，因為總是負擔太多神力才會失憶的。」

有點像是身體的自動保護機制呢？」

「也就是說是你們的錯嗎！」

「才不是的說……」

「可是，這也是沒辦法的呀。如果不透過阿遼，我們沒辦法展現力量。雖然也知道阿遼很委屈，可是……」

「阿遼自己也是同意的說。」

「嗯，所以我們才會在這邊呀。為了讓阿遼即使失憶也不需要擔心！」

「什麼啊這個狀況……」

雖然還是一頭霧水，但我姑且和這兩隻土狗詢問了我自己的狀況。看來我似乎是個宮廟的孩子，來北部接手了一間分廟，以乩童的身分幫這兩位神明處理各種事務。總覺得微妙地哪裡怪怪的，或許是突然間收到太多資訊造成的錯覺吧，怎麼聽都不太像我自己的事……

「好吧，我大概知道了。」我忍不住嘆氣，「所以我現在該怎麼辦？一大早的，我要上學嗎？」

「阿遼不用上學的說。」

「畢竟算是已經就業了嘛！」

「所以，我要去廟裡？」

「也可以待在家！畢竟阿遼的工作就是陪我們玩啊。」

「要趕快重新熟悉的說……」

「重新熟悉？什麼意思？」

說著兩隻土狗突然掀開棉被鑽了進來。附帶一提棉被底下的我是全裸的，剛剛因為他們兩個都是小孩子我也就不介意了，但沒有到他們鑽進被子來都還不介意的程度啊！

然而，這兩個小孩子外表的神明，卻用很曖昧的姿勢趴在我左右兩側。他們把頭枕在我的腋下，微尖的吻顎靠在我的胸口上。

「等，等一下，你們幹麼？」

「所以說要重新熟悉起來啊。」

「阿遼的……身體……」

「不等等等不對吧！熟悉身體什麼的！」

「沒有錯喔。畢竟要附身到阿遼身上嘛。」

「阿遼早點習慣我們的接觸……對附身也有幫助的說……」

「習慣接觸是用這種方式嗎！」我忍不住大喊。「別的不說，你們不是小孩子嗎！光是現在的動作、就、就完全是犯罪了吧？」

「阿遼在說什麼啊？」黑色土狗用完全不了解的語氣說。「我們可是神耶，想要什麼外表就可以用什麼外表啊。只要阿遼跟我們說，要變成幾歲都可以喔！」

「阿遼……不喜歡小孩？」

「不是不喜歡啦，是犯罪啊！」雖然對神明來說好像沒有未成年問題，然而即使如此，我的倫理觀也無法承受。

「總之，哎，這也不是外表的問題啦。我不想這樣！你們先放開我啦！」

因為我是全裸的，加上他們用無尾熊的姿勢抱著我，他們的膝蓋都非常接近重點部位。弄成這樣也很難完全沒有反應，但那實在太羞恥了！

「阿遼好麻煩喔——」

「遲早還是要熟悉的說……」

在我的抵死不從之下，他們還是放開了我。

「所以說用別的方式啦！真是的，只要熟起來就好了吧？幹麼一定要這麼色情……」

「這種方式最快嘛。」黑色土狗滿不在乎地說。「阿遼也是男人啊，還以為這樣會開心的說。」

「所以說太快啦！而且我完全不能理解為什麼神明會想和我上床！」

「沒辦法……阿遼不喜歡的話，我們就慢點……」

「嗯——好吧。」兩隻土狗鑽出棉被。

我總算鬆了口氣。

「好啦，真的要熟悉的話應該從更基礎的地方開始吧？你們兩個，雖然剛剛說了是神，但到底是什麼神、怎麼稱呼？不自我介紹一下嗎？」

「咦，自我介紹？」

兩隻土狗面面相覷。

「這麼說，之前都沒有做過？」
「都忘記了……畢竟都是我們弄出來的說……」
「完全忘記阿遼不知道了……」
「之前是指什麼？」
「沒、沒有啦。」
「是說……之前阿遼失憶的事……」
「總之都過去了說！」
「所以自我介紹呢？」雖然這兩個傢伙是神，但因為外表和態度的關係吧，我對他們就是敬重不起來。
「這個，我們……」
兩隻土狗跑到一邊去竊竊私語。
「糟糕，還沒有……」
「現在趕快……」
就這樣討論了一會兒。

「嗯，我們！」
「是這地方的山神的說……」
「像山裡的土地公那樣的！」
「當、當初有土狗救主的傳說……慢慢就變成這樣了……」
「名字的話，我叫阿玄！」
「我是，阿皓的說……」
這不就是小黑小白嗎！這種強烈的隨便想想的感覺是怎麼回事！
「沒有正式的名字嗎？那種尊王什麼的？」
「沒有……一開始還只是萬應公的說。」
「阿遼這樣叫我們就好啦！這樣比較親切吧？」
確實啦，但也因此讓我更難尊敬你們了耶。
「好吧，總之，我現在的任務就是熟悉狀況，並盡快讓你們能夠重新附身到我身上，對吧？」
「沒錯！不愧是阿遼一下就懂了呢。」

「阿遼很聰明……開心……」

我怎麼就不覺得開心呢。無論如何，我不打算一開始就用跟他們上床的方式就是了。以後更熟一點也不是不能考慮，但現在實在沒有那個心情。

「好啦，所以現在是不是該去你們的廟……」

砰咚！

突然間猛的一聲，大門被用力推開。

「阿遼，我來了！」

……誰？

我把身體撐高，往一樓看去。站在門口的是一隻……貓人？他穿著簡便的運動服，從身高看來感覺像國中生或高中生。我完全搞不清楚狀況，不知道該不該打招呼，這時他已經啪嗒啪嗒地衝上二樓。

然後他來到床前，指著我和阿玄、阿皓，用泫然欲泣的表情大喊：「阿遼！我才幾天沒見到你，竟然在這裡偷人！」

……什麼狀況？

我目瞪口呆地看著他，這時旁邊的兩隻土狗也竊竊私語：「他怎麼會出現？我們沒有做……沒有叫他來吧？」「不知道……不過也可能是阿遼……」「嗯，先看一下狀況，說不定有幫助。」

對什麼有幫助？不過我已經感受到他們沒有要幫我擋的意思。

「……你誰啊？」

「什麼！阿遼，難道你想假裝不認識我嗎！」貓人瞬間飆淚。

「不，可是……我說來你也不會信，但我才剛剛失憶……現在誰都不認識。你能不能先跟我解釋一下狀況？」

「還能有什麼狀況？不就是你跟這兩隻偷跑！拋下我這個男友不管……」

嗯？男友？

不……先不論我是不是真的有個貓人男友，眼前這位有沒有超過十六歲？不會是另一個犯罪事件吧？

「那個……你說你是我男友，沒弄錯吧？我應該不至於跟國中生……」

「我．比．你．大．好嗎！我是你的學長耶！」

「不是吧！」這是我醒來後聽到最令人震驚的消息了。

「……阿遼欺負人！」

「不，我沒有喔？就說我失憶了，不知道你是誰嘛！而且你看起來真的很小隻……」

「不准說小！」

「那好吧，看起來很年輕……」

「差不多啦！」

「呃……我不知道嘛！對不起啦！」

「哼……」那貓人擦了擦眼淚，「好吧，我的阿遼沒有那麼會演戲，看來你是真的不知道。那我就大發慈悲地告訴你吧。」

他定了定神，調整一下呼吸。

「我叫顏書齊，是你的學長，同時也是你的男友。這裡是我家的別墅，是我帶你來這裡玩的！但你來這裡之後卻被那兩隻狗給拐走了！」

「拐、拐走？」

「是阿遼主動說要幫我們的！」阿玄擋到我面前。「而且那還不是因為你欺負他！」

「我哪有欺負他！」顏書齊生氣地跟他吵起來。「不然你說我欺負他什麼？」

「呃……大概，不讓他跟我們上床？」

「這哪叫欺負他！」顏書齊氣得頭上噴氣。「總之你們把阿遼還我啦！」

「哪有那麼突然……」

這時阿皓跑過來跟阿玄咬耳朵。他們的聲音不大，我隱約只聽到了「配合」兩個字。接著，換成阿皓站到顏書齊面前。

「要把……阿遼還給你……也可以的說。但是，必須要是阿遼自願跟你走的說！」

「自願？阿遼當然會自願跟我走啦，阿遼你說對不對？」

「呃……」

雖然現在一副兩邊搶人的氣勢，但我根本就都不認識啊。這樣要我怎麼選擇啊？

「阿遼！你不會說你不願意吧？」顏書齊開始咬手帕。哪來的手帕啊？

「我說過我失憶啦，現在我根本不認識你，怎麼跟你走？」

「咕嗚！可、可是我都說你是被他們騙了說！」
「那也不見得我就沒有被你騙啊。」
顏書齊一下子氣到臉都脹了起來。兩隻土狗見狀立刻打蛇隨棍。
「就是說，你才是要來拐走阿遼吧！」
「不可以做壞事的說……」
「你、你們！」顏書齊大喊。「這兩個不要臉的小妖精！好，阿遼，所以你決定要幫他們了對吧！可惡，我不會認輸的！既然如此的話，我，我就……我就攻下你們的寺廟！」
「啊？」
「啥？」
「腦袋……壞掉？」
我們都不太理解眼前的貓人想做什麼。
「哼哼哼，你們小看了我的老家吧。我老家勢力可是很大的，要找幾個妖怪來把你們這種山間小廟給打下可是輕而易舉。到時候你們就不是山神，而是普通的山野妖怪了。看你們還能不能把阿遼困在這裡！」

「所以就是你搞的嗎？我們的迷障會……」阿玄講到一半被阿皓打斷。

「我們……還有阿遼……被瞧不起了說。你能做到的話就試試看的說。」

「咦，不關我的事喔？」我忍不住說。

「阿遼你也是，怎麼可以幫他們！」

「我沒幫喔？我只是不知道……」

「所以我要對你們宣戰！」他自說自話地繼續。「等我去召集人手，一個禮拜內我就會把你們打下來的！拭目以待吧！」

說完後，他就如同暴風一般地衝了出去。

「……什麼狀況？」現在換我滿頭問號了。

「就是說啊，突然衝進來打擾我們跟阿遼！明明沒有想讓他出場的！」

「想讓他出場？」

「這樣也不錯的說。」他們無視了我的疑問。「這樣我們就更需要阿遼的幫助了說。」

「說得沒錯。阿遼，幫助我們吧！」

「……到底是怎麼回事啊？」

我把頭埋回棉被裡，忍不住希望這一切要是夢境就好了。

「好，所以你們的意思是我必須盡快和你們熟起來，是這樣沒錯吧？」

我坐在餐桌上，一邊吃飯一邊聽他們說明。

照他們的意思，為了要在一個禮拜後的決戰中使用我的力量，我必須在那之前成功和他們熟起來，讓他們附身。

所以說這狀況也太巧了吧？

他們說需要我跟他們重新熟起來，緊接著就發生了一件事讓我必須在一週內完成……而且那個號稱是我的男友的顏書齊，出現得也很不自然。

不過即使如此，剛失憶的我除了配合他們，一時間也沒別的事好做，只好先隨波逐流看看狀況了。

「沒錯沒錯！」阿玄很開心地說。「用什麼方法都可以。不過很急的話，果然能最快速跟阿遼熟起來的方法還是……」

「好，停！不管你們是神還是小孩，都不應該說出那種話。」或許是我的想法太保守了，但我還是難以接受。「總之我會先試試看別的辦法。」

「阿遼想要……什麼辦法？」

「普通的辦法。完全不認識的情況下，你硬要我跟你們上床我也不覺得能熟起來。還是先用其他方式彼此了解才行。」

「那……我們該怎麼做才好的說？」

「像這樣。」

我把阿皓抱到我的腿上，繼續吃飯。

「這樣？」

他們似乎不了解這有什麼幫助。不過阿皓小小一隻放到我的腿上剛剛好，觸感也很柔軟。就跟抱著一隻小狗一樣，感覺很舒服。阿皓有些無聊地在我的懷裡動來動去，但我用手臂限制他的行動，不讓他跑掉。

嗯，果然小小隻的獸人也很可愛呢。糟糕，有點覺得正太控屬性要覺醒了。

「所以這樣有幫助嗎？」阿玄跑到我旁邊說。

「有喔，效果不錯。」享受柔軟的獸人正太的效果。

「那我也要——」

阿玄爬到我的腿上，和阿皓一起爭奪那小小的場地。雖然他們很小隻，一次坐兩個也是有點難度，於是我讓他們一人坐一邊大腿，勉勉強強總算可以擠下。

然後我繼續吃飯，偶爾還會夾一點菜餵給他們吃。

嗯——有種治癒心靈的感覺呢。

飯後，我帶著兩隻小狗神明出去閒逛。

這個小山城雖然古舊，還是有一些商店，於是我們在那買買東西、聊天、看看風景，度過了一個悠閒舒適的下午。這裡茶店的裝潢配合整體略帶陳舊的氣氛，沒有玻璃的窗戶可以一覽遠方山脈和山間雲霧，給人一種世外桃源的感覺。

「這裡還真的很舒服呢……」我輕啜了一口包種茶，看著不斷變化的雲絲。

「當然，這可是我們精心打造的地方呢！」

「但是也很無聊。」

「什麼！」阿玄一臉打擊。

「因為沒有接收資訊的管道啊。家裡沒有電視跟電腦，更沒有手機。目前逛過的店家也都沒有電視，換句話說這個地方一點娛樂都沒有。所以大家平常只能聊天打屁嗎？這也太無趣了吧？」

「可、可是……聊天不是就很好了嗎……」

「拜託，這什麼時代啊。」我翻了翻白眼。「就算你們是小地方的山神也要接受新資訊啊。每天只能泡茶聊天的話不是跟老人差不多？這樣要增加感情也很難耶。」

「阿遼覺得……要有什麼比較好的說？」

「當然是網路！」我用力握拳。「只要有網路一切就簡單了。」

「但是有了網路，阿遼就不會跟我們一起玩了吧……」

「……好像是沒錯。」雖然可以在網路上吸收新資訊，但對於和身邊的人交流好像沒有太大幫助。我直覺會認為需要網路……該不會我其實很宅？

「阿遼有沒有別的想玩的東西呀？」

「嗯……」我趴到桌子上。「要是多一點娛樂設施就好了……不過這種小地方要娛樂設施還真的很難耶。」

「不然我們去遊樂園？」

「遊樂園？你是說下山去？」

「我們可以做出來喔！」阿玄興奮地說。「我們很擅長製造幻覺，阿遼要是想要的話，我們可以給阿遼打造出一個遊樂園的幻境喔。」

「做出來？」我忍不住張大眼睛。「你們可以做出幻境？」

「對……對呀。」

「所以現在這個山城也是你們做出來的？」

兩隻土狗呆住了。過了兩秒之後，阿玄戰戰兢兢地回答：「阿、阿遼為什麼會這麼想啊？」

「偏遠的山城有著風格古老卻不陳舊的建築，還有過度奢華的小木屋。沒有和外界聯絡的手段，就連出村的道路都不知道在哪。這些怪異之處混在一起，要沒注意到不尋常反而困難吧。」

「是、是這樣嗎？」

「阿遼……好敏銳……」

「是你們做得太隨便了吧？」我忍不住說。「所以我現在實際上在哪裡？」

「這個……」阿玄鼓起勇氣說，「阿遼幫助我們就告訴你。」

「要是我不幫你們呢？」

「就……阿遼就會一直被困在幻境中！」

「那我就一直被困在這裡好了。」我假裝不在意地說。「而且你們不是一週後會受到攻擊嗎？沒有我幫忙也無所謂？」

這時候兩隻土狗又竊竊私語起來。

「所以那個到底是不是真的？」「很可能……我們的迷障也變弱了……」

雖然聲音根本都聽得一清二楚。

我嘆了口氣。

「要我幫你們也可以。不過等這一切結束後，你們要乖乖聽我的話，知道嗎？」

「好！」

「只要阿遼能幫忙……怎樣都好的說……」

他們到底會不會真的聽話呢？不過對現在的我來說，最重要的是能離開這個幻境，最好還能恢復記憶。既然是在幻境中，我就不可能真正違抗他們，那麼最好能趁現在拿到主導權。幸好這兩個孩子都呆呆的很好說話。

「所以你們說要去遊樂園？」

我轉換話題，而他們也馬上就跟上來。

「對！說到約會就是遊樂園！」

「跟阿遼約會……開心……」

為什麼前提會是約會呢？話說回來跟這兩隻不管去哪都很難有約會的感覺啊。

「你們知道遊樂園長什麼樣子嗎？」

「可以從阿遼的記憶中做出來！」

「會是阿遼最滿意的遊樂園……我們可以保證的說。」

這樣的話……

「好吧。」

「耶！跟阿遼去遊樂園！我們從來沒去過遊樂園的說——」

「期待的說……」

阿皓那虛弱的語氣實在聽不出期待就是了。

再次張開眼睛時，眼前已經不是那家小茶館，而是遊樂園中的小賣店。

四處張望了一下，以遊樂園的小賣店來說裝潢還挺正常的，雖然完全沒有其他人，不過畢竟是幻境，也是理所當然。然而……

「為什麼是泳裝？」

我身上只有一件泳褲，就連那兩隻土狗也換成了泳褲。他們倆穿著泳褲的樣子也挺可愛的，不得不說那柔軟的身體真的讓人很想揉捏一番。

「為了配合阿遼的記憶……」

配合我的記憶？我帶著困惑往窗外看去，這才發現窗外有滑水道。

雖然也能看到雲霄飛車，但同時也有大型滑水道，甚至水道上還不時有橡皮艇滑下。這是把遊樂園跟水上樂園混在一起了吧？

「為了讓阿遼不會無聊！」

「可以一次玩的說……」

……好吧，也不是不行啦。

雖然有些無奈，我也只能牽著他們兩個開始逛起這個水上遊樂園。

這裡似乎是建設在原本山城的地形上，有許多利用地形的下滑項目，各種滑水道也是利用這地形設立的。不過也因此有很多與現實矛盾的地方，例如這麼多水道和瀑布，要把水回收利用的抽水馬達應該會非常浪費電……不過跟幻境講這些也沒什麼用。

同時也因為是幻境，整個遊樂園都空無一人，其實某方面來說還挺詭異的。不過平常去遊樂園，確實不可能這麼好任何設施都不需要排隊，機會難得我也就打算放鬆心情下去玩……

「雲霄飛車！阿遼我們去玩雲霄飛車！」

「一開始就要這麼刺激嗎！」

「人類不就是為了追求刺激才來遊樂園的嗎？」

「……這還真是難以反駁……」

但即使如此我還是堅持拒絕。我本來就不喜歡那種太過刺激的項目，要陪著兩個小孩子去玩就更困難了。更不用說以他們兩個的身高，護欄根本就擋不住他們吧？現實的話絕對不會讓這麼小的小孩去坐雲霄飛車的！

阿玄一副很想要玩的樣子，甚至還提出了海盜船跟大怒神。但我基於個人的心理健康和他們的人身安全，全部拒絕了。

「嗚——這樣的話來遊樂園到底是幹麼的啦——」

「還有很多項目啊。」我指向碰碰車，這種比較適合小孩。

「那種不好玩！」

「那咖啡杯？」

「不好玩！」

「好了好了，一開始先玩這種，就當暖場，好嗎？」

「嗚……」

我無視阿玄的反對，往那種比較安全也比較溫和的項目前進。阿皓比較聽話，我就讓他坐我旁邊，而阿玄為了不讓他亂跑，我只好抱住他，讓他坐在我的腿上，用這種感覺把幾個輕鬆的項目都玩了一遍。

接著，我們回到小賣店，三人都買了一份冰淇淋。

「怎麼了，不開心？」我幫阿玄把臉上的冰擦掉。

「不刺激的說……」阿皓在旁邊說。連他也覺得無聊嗎？

「這樣沒辦法讓阿遼緊張！」

「要讓我緊張幹麼？」

「吊橋效應！」

「嗯……我覺得不會有效喔。」他們竟然會知道吊橋效應，不過現況來說都是我在照顧他們，怎樣都不會產生那種效應吧。

「那，我們去玩那個！」

這次阿玄指向水上樂園的那側最大的設施，是在巨大水道上坐著橡皮艇上往下滑的項目。雖然跟雲霄飛車有點像，不過橡皮艇畢竟不可能搞垂直下墜跟空中畫圈，應該比較安全吧。為了滿足阿玄，我也只好答應了。

於是我們爬上最高的水道，在只會做出標準反應的工作人員協助下穿上救生衣，坐上橡皮艇下了水道。

一開始橡皮艇晃來晃去的速度不快，因為水道很高可以一覽整個山城。我一邊欣賞著風景一邊抱著阿皓搖晃，偶爾會有些水濺上來，不過反正我們穿著泳衣，這樣也很舒適。

漸漸地水道變得傾斜，彎道也越來越多。橡皮艇的速度越來越快，我抱緊阿皓，看著向外伸手的阿玄在橡皮艇邊亂跑。雖然有些擔心，不過即使變快也比雲霄飛車好很多，只要不掉出去的話——

然而過了一個彎道，前面的水道不見了。

水道變成了瀑布直接往下，在瀑布前雖然有個較寬的區域減緩速度，但不可能真正停止往前。「這是什麼啊！」我連忙大喊，想要讓橡皮艇停下，但沒有東西可以抓也沒有槳，要讓水道中央的橡皮艇停止根本是痴人說夢。

於是橡皮艇從瀑布上滑下去了。我一手抱住這種時候仍然面無表情的阿皓，一手抓緊阿玄的救生衣，閉上眼睛承受往下掉的重力加速度。

「耶——！」

這種時候阿玄竟然還能歡呼！

砰的一聲，橡皮艇落入水面。水花濺了我一臉，我不小心放手，阿玄的救生衣從手中滑了出去。

我連忙抹掉臉上的水，張開眼的時候看到阿玄正在橡皮艇外的水面上游泳，往不遠的終點線划去。看來瀑布下面就是最後了，這裡只有一大片水池，三側都是離開水面用的淺台階。我鬆了一口氣，抓住工作人員遞過來的槳，抱著阿皓離開水池。

離開後，我馬上抓住四處亂跑的阿玄，拎著他們在路邊站好。

「我說，剛剛那是什麼？我上去前明明沒看到最後有瀑布啊！」

「可是這樣比較好玩！」阿玄說。

「臨時改出來的說……」

我瞪了他們一眼。

「嚇死人了好嗎！」

「不可怕的說。」

「阿遼膽小的說……」

「是被你們嚇的！」我用力抱緊他們再放開。「拜託，我知道你們不是人，但也不要做出這麼超越常軌的舉動好不好？我真的很怕你們出事耶！」

「阿遼，關心我們？」

「成功了的說。」

我暴打他們的頭。「不要用這種方式！我可是會折壽的！還有不要連你也來策劃這種危險舉動！」

「可是這樣阿遼比較會在乎的說……」

阿皓摀著頭，淚眼汪汪地回答。

「總之不要用危險的方式。就算是為我好，行吧？」

「知道了說……」

「好。那麼接下來，太刺激的設施全部禁止！」

「咦——可是我想玩那個超長滑水道的說——」

阿玄說的滑水道從遊樂園最高的地方滑到最低的地方，中間還有各種彎道，包含像雲霄飛車那樣垂直繞一圈的。實際上就是水道版的雲霄飛車了吧。

「你到底是來玩的還是來和我增進感情的？」我彈了一下他的額頭。「總之不許。」

「嗚嗚……」

兩隻土狗神淚眼汪汪地看著我。真是的，這兩隻真的是神嗎？我拎著他們前往游泳池，順便領了三個游泳圈，決定用最悠閒的方式度過剩下的時間。

一直到夕陽下山，我都是在游泳池旁邊晒著太陽打盹，偶爾下去玩玩水，這般閒適地度過。

因為是幻境的關係，想要什麼飲料零食只要我能想出來都可以向服務生點，與其說是享受悠閒，不如說是享受各種奢侈零食的時光。

當然雖然對我而言很享受，對那兩隻土狗來說卻很無聊。他們一直吵著要去其他地方玩，但我只對他們說，想去他們可以自己去，這麼無視他們的請求。

原本我是打算好好陪他們的，大概是剛剛那一下亂改水道讓我氣到了吧。這樣也好，讓他們知道隨便亂來是不會有好下場的！這兩隻雖然是神但真的很幼稚呢，稍微教育一下也好。

不過這樣的話，來得及在一週後跟他們打好關係嗎……

算了，那不是現在要煩惱的事。我又喝了一口熱帶水果茶，閉目養神。

「阿遼……今天開心嗎？」

晚飯時間，我們回到廟宇中，兩隻土狗也換上了原來的服裝。

阿玄賭氣地不看我，自顧自地埋頭吃飯。真是的，這傢伙要多小孩子氣啊。話說回來神有必要吃飯嗎？

「很開心喔。」我回答。「感覺狠狠地放鬆了一下呢。我覺得你們也多考慮一下怎麼放鬆，不要總是追求刺激比較好喔——」

「可是我們平常就很放鬆的說……」阿皓雖然還是面無表情，但語氣聽起來有點失望。

「真的？神不是應該很忙嗎？信徒的各種要求什麼的。」

「也……沒有那麼多信徒的說。」

「聽起來很可憐耶。」

「才不關阿遼的事呢！」阿玄抱怨。「根本都沒有和阿遼親近到的說！」

「在你們心目中的親近到底是什麼樣子啊。難道你們是希望第一天就上床這樣才叫親近嗎？」

「對人類來說不是那樣嗎？」

「親近的最高級表現的說……」

「這誤解也太大了吧？」我不禁瞠目結舌。「一般來說一夜情通常都沒有感情基礎喔。做完之後就老死不相往來的也很多。」

「阿遼怎麼知道？」

「這個……聽朋友說的嘛。或是各種作品……」

「那就不一定啦！總之試試看嘛！」阿玄說著跳到我的腿上，對著我的肚子用力蹭。他可能是想要用這種方式引誘我吧，但老實說我只覺得可愛，一點性慾都沒有。

「到底為什麼這麼想試啊。就像我剛剛說的，一夜情之後就沒有聯絡的例子很多，也有可能做完之後反而就不想跟對方接觸了。要是試了之後感情變差了怎麼辦？」

「可……可是，不試也不知道的說！」

啊——懶得解釋了。要是給我知道是誰灌輸他們這種錯誤觀念，我一定要揍扁他。

「總之不行。」我嘆氣，「我會陪你們玩，但上床那種大人的事情就再說吧。」

「那我們變成大人呢？」

「一樣一樣。問題不在這裡啊。」

「嗚——」

阿玄嘟嘴，阿皓也一臉不滿。但我是不會因此改變心意的。

晚餐過後，他們兩個也一直纏著我陪他們，不過他們想出來的遊戲都很簡單，比較複雜的遊戲我又沒精力去玩，最後變成只是一起在外面乘乘涼，看看夜景就上床睡覺了。

至少這個幻境的夜景很美，晚風也很舒適。這個地方要養老的話確實很好，只是不適合我這個年輕人呢。

張開眼睛的時候，眼前是陌生的……並不是天花板。只是一片迷霧般的白色讓我以為是天花板而已，同時我也發現，雖然才剛張開眼睛，但我是站著的。

四周是一片牛奶白，什麼都沒有，看不到邊境也看不到任何物件。這是夢嗎？如果是夢這也太單純了……就在這時我聽到了聲音。

「阿遼……阿遼……」

隱約好像有人在呼喚我。我往聲音的方向走過去，漸漸地，牛奶般的霧中出現了一個紅色的身影。

是今天早上衝進我家的那個貓人。

他持續向周遭呼喊，彷彿沒注意到我。我走到他的面前，試圖跟他搭話。

「你是……顏書齊？」

「啊，阿遼！」他像是這時候才注意到我一般，轉過來面對我。「真是的，聽到了的話怎麼不早點回應呢？害我一直在這邊喊你。」

「我以為你應該看到我了……」

「這是你的夢啊，跟現實不一樣的。總之不管了啦，我能託夢的時間不長，你仔細聽好。」

「託夢？到底什麼事？」我還不確定這個貓人到底是敵是友，有些擔心。

「首先是關於你在的那個小木屋跟村子……雖然這可能很不可思議，但那其實是那兩個魔神仔做出來的……」

「幻境，我知道。」

「咦咦！你知道了？」

「嗯，算是那兩個自己說溜嘴吧。不過你說他們是……魔神仔？」

「嗯，哎呀，總之是某種妖怪。他們把你關進這個幻境裡，想要……嗯……從你身上獲得某種東西。」

「他們想要什麼？我總覺得他們似乎一直在想盡辦法……那個……誘惑我上床。」

「嗯嗯這點倒是不意外呢。」貓人很平靜地接受了。「不過他們其實是搞錯了……他們想要的東西，用這種方式是得不到的。」

「所以我不用跟他們上床對吧？」

「其實阿遼想要的話也可以啦。不如說跟他們實際做一次看看比較好，不然他們是不會相信的。」

「我可以理解為你在勸我跟他們上床嗎？我記得你說你是我男友？」

「我真的是你的男友啊——只是我對於貞操觀念比較開放啦。」貓人將手放到後腦。「因為不讓他們知道這樣沒用的話，他們是不會乖乖放棄的。與其讓他們一直纏著你，我覺得這樣還比較乾脆喔。」

「他們得不到想要的東西，不會換種方式繼續纏著我嗎？」

「到那時候就由我們來處理啦。哎呀，總之我得先跟你說明一下，在他們的幻境裡我得配合他們，不能一下子做出太違反他們意圖的舉動，不然會被驅逐出去的。大叔跟克勞也都來了，但他們的神力太明顯，不能進來，所以現在只好先由我來處理啦。」

「大叔跟克勞？」

「你想不起來的話我說明也沒用喔。」他倒是很乾脆：「總之我們會幫你的。現在還沒辦法太用力干涉，不過等一週後的決戰的話……所以要幫我好好演喔。」

「換句話說，現在要配合你們演戲，好讓一週後的決戰中，你們大舉入侵的同時可以帶其他人進來？」

「不愧是阿遼！根本不用我說明呢！」

「啊……但是老實說，你也知道現況很混亂，有什麼理由可以保證我應該相信你？」

「嗯……因為我很可愛？」

「可疑指數上升百分之兩百。」

「嘻嘻，其實阿遼也沒必要現在相信我。」貓人輕鬆地說。「一週後大叔和克勞出現，阿遼要是還不願意相信的話，那我們也沒轍了。雖然……願意相信他們卻不願意相信我的話，有點遺憾就是了。」

他露出了有點落寞的笑容。我幾乎要為了那個笑容而相信他了，不過這種時候還是慎重點好。

「我知道了。我暫時會相信你的。不過這樣的話，在下週到來之前，我該做什麼好呢？」

「什麼都不做就可以囉。」他回答。「現在的阿遼，就是等著被我們救出來的睡美人啊。」

睡美人……再怎麼說我也是男的啊。

「時間也差不多了，阿遼。」他接著說，「干擾太多被發現就麻煩了。那麼下週見囉。」

「啊，唔……」

我想要攔住他，但伸手過去，卻發現我正躺在床上朝天花板舉手。睡在旁邊的阿皓被我的動作吵醒，發出含糊的聲音。

「阿遼……？」

「沒事，睡糊塗了。」我重新把阿皓抱回懷中，另一側的阿玄也動了動。

……到底為什麼這兩隻需要睡覺啊，我忍不住再吐槽了一次。

接下來的幾天，我一直陪著阿玄阿皓嘗試各種不同的娛樂。夏日海灘、冬季溫泉、節慶燒烤、逛街購物，無論是季節還是景色他們都能改變，雖然聽說是從我的印象中製作的，但我還真不知道我有這麼好的記憶力。

托他們的福，我可以說是徹底地享受了一次只需要考慮玩樂的生活。不知道我失憶前是在做什麼，但我感覺這麼好好玩一把確實讓我的精神舒緩了很多。

當然，這不代表我的煩惱就都解決了。阿玄阿皓總是不定時地問我跟他們夠不夠熟了、要不要跟他們上床，如果不是他們的外表都像小孩，我都要覺得這是性騷擾了。然而縱使他們無比殷勤，那個貓人——顏書齊也跟我說和他們上床也沒關係，我還是感到猶豫。

為什麼？就因為他們是小孩嗎？

夜深人靜的時候我總會思考這個問題，而我得出來的結論是，我不想要照著別人的安排去做。跟他們上床的結果，無論是會讓他們滿意或失望，都不是我想看到的。

這種想法，或許也有一部分是賭氣吧？

顏書齊說的那句睡美人，或許是稍微有點傷到了我的自尊也不一定。

雖然我現在陷入的是非常奇怪的狀況，普通人是絕對沒有辦法解決的。依賴其他人——至少是某種神怪——的力量，是很正常也更妥當的辦法。但就算這樣，我也不想只是坐著等待其他人拯救。

我還是打算在我力所能及的範圍內，盡力做點什麼。

「喂，我說，你們到底是為什麼這麼想要跟我上床？」

距離一週期限還剩下兩天的時候，我這麼問了他們。

「因為我們需要阿遼的力量！」

「那個石虎精來打我們的時候……才有辦法抵抗的說。」

「喂喂喂，那種演戲的內容就不要拿出來說了吧？」聽到我這句話，阿玄嘟起嘴，一臉就是「我說的是真的啊」的表情。但我沒有理他，繼續說了下去：「我是說真的。對你們來說，是否打贏那場仗根本就不重要吧？你們為什麼需要我的力量，還是用這麼奇怪的方式？跟我說清楚，我說不定會願意幫你們啊。」

「才不是不重要的說……」

「而且阿遼也可能聽完後就不願意幫我們了啊！」

我雙手抱胸。「也就是說，你們覺得你們的理由，是我聽完之後不會想幫的囉？」

「啊，嗚……」

「也、也不是的說……」

「那就跟我說啊？」

「可是……也不保證的說……」

「告訴阿遼是最終大絕！」

「這個大絕現在不用的話就要輸掉囉？」

「賭……賭賭看的說……」

「阿遼不幫就是笨蛋！」

「這是什麼，完全沒有想要我幫忙的意思嘛。」

我故意轉身走掉，阿玄阿皓馬上追過來繞著我的腳轉圈。真的很像小狗呢這兩隻。

「阿遼不可以這樣！」

「明明就陪阿遼玩了那麼多的說……」

「是陪你們玩吧。再說，你們那樣是拜託別人的態度嗎？」孩子的教育不能等。

「那要、什麼態度……」

「嗯……低頭求我？」

兩隻土狗對視一眼。

「那個……拜託阿遼？」

「拜託了！請阿遼跟我們上床吧！」

阿玄大喊了出來。

唔哇啊啊啊啊——太羞恥了！為什麼是我這個聽的人覺得超丟臉啊！雖然說，確實是我讓他們說的，但教唆兩個看起來只有十來歲的小孩大喊著拜託別人跟他上床，實在是……非常鬼畜。

「阿遼，拜託……請跟我們上床……」

「求求阿遼上我們吧！」

不要再來了！

「好好好好停停停。」我連忙制止。「我知道了，我知道了啦。你們先等一下……」

「好像真的有效耶。」

「拜託別人……很好？」

嗯，教育成功了。雖然是我不怎麼希望的方式。

「總之你們先等等。雖然也不是說一定不行，我也有想要試的東西……」內心各種猶豫。「可是，你們想做的事情，能保證跟我上床就一定成功嗎？」

「其他人都是這樣的說？」

「阿遼想要幫助我們的話一定可以的！」

「所以還需要『我想幫助你們』嗎？奇怪，我都不知道我有那麼大的力量。話說回來那些其他人是誰啊？」所以我跟很多人上過床嗎？天啊這跟我對自己的印象不一樣。

「阿遼的謎之友人？」

「我們也不清楚……的說。」

「哼……」我不太相信他們的說法，不過就跟他們想要和我上床的原因一樣，他們不願意說的話就不會說吧。

「所以……阿遼……」

「可以嗎？」

他們又用那種充滿期待的眼神看著我。雖然確實很讓人心軟，但一想到他們懇求我做的事情，心情就難免複雜啊。

第四章 林天遼

最後我還是跟他們上床了。

我無論如何也沒辦法一起接受兩隻一起來，於是讓他們以猜拳的形式決定了誰先。

現在我……正在床上，而阿玄那嬌小黝黑的身體正躺在我的身下，梨花帶淚，惹人心疼。明明平常是那麼活潑的孩子，在這種情況下卻戰戰兢兢，彷彿在害怕我侵犯他似的。雖然從眼神可以看出其實很期待。

換句話說，他這態度其實是故意的囉？從哪學壞的啊這傢伙。

雖然這樣真的很惹人憐愛……他的背心攤在床上，衣著凌亂，頭側向一邊避開我的眼神。柔軟的肚子敞露在我眼前，細小卻結實的手微微顫抖。如果是演技的話技巧也太好了，這孩子，到底是不是真的想跟我做啊？硬要說的話，他其實只是想藉由跟我做獲得某種力量吧？

不過如果是那樣，我就更該溫柔點了。畢竟這代表他不是在情慾的意義上想和我發生關係，而只是一種手段。

於是我盡可能放輕了動作，先揉揉他的耳朵，搔搔他的後腦，讓他放鬆下來。等他看我的表情不再害怕之後，我再改搔他的肚子。阿玄輕笑起來，兩腿亂晃開始閃躲。我將臉埋到他的肚子上，改用舌頭繼續搔他。

「阿、阿遼……」

他開始喘氣，臉頰潮紅。我親了一下他的鼻頭，兩手抓住他的腰，調整他的位置。

然後，終於到了這一步……

我解開他的褲帶，把他的褲子脫了下來。

——這小鬼，那邊竟然硬得很。看來還是挺想要的？

我輕輕握住他的下體，前端已經溼透了，在我的撫摸下有更多的水流了出來。我靠近去聞了聞，味道很淡，就像我心目中小孩子會有的味道。我將這份黏黏滑滑的液體在他的肚子上沾了一點，然後慢慢往他的身後移動。

他的身體再次顫抖。看來要正式來的時候他還是會緊張，我也多少有點緊張，畢竟他看起來是這麼小的孩子。

我挪動姿勢，撐住他的大腿，並將那些液體塗抹在他的後面，稍加按摩讓他放鬆。過程中，我偶爾會抓抓他那短短的尾巴，這動作總是會讓他閉上眼睛輕哼，看來還挺舒服的。

過了一段時間，我感覺他的身體有好好放鬆下來，這才往前對準，準備插入。

「要進去了喔？」

「嗯、嗯。」

他的表情既害怕又期待。我親了一下他的鼻子，然後慢慢地將下體塞了進去。

「嗷、嗷嗚……」他發出奇怪的呻吟。

我不確定這是否讓他不舒服，於是等了一下。雖然說那個緊致程度……是因為未經人事嗎？體溫高加上身體緊張，那強力的包覆讓我的呼吸也急促起來。

「阿、阿遼，快點……」

實在不確定他想要的是哪種意義的快。是要我快點動呢，還是希望我快點結束呢？總之我動了起來，將那嬌小的身軀抱在懷裡，享受他的溫暖。

我不想讓阿玄有太大的負擔，很快就結束了。當然，是在讓他滿足之後。我拿些紙巾將他的身體擦乾淨，同時不禁想，這樣有什麼改變嗎？阿玄想要從我身上獲得的東西已經拿到了嗎？我看不出來，但現在的阿玄似乎也累了，只想抱著我撒嬌。

於是我把他抱進懷裡，就像要讓他成為我的一部分般，撫摸著他的背，直到我也感到疲倦而沉沉睡去。

迷濛間，我彷彿走進了某個地方。那裡有著熟悉的牛奶白，我花了點時間，想起這裡很可能是夢境。然而當我意識到這是夢境的時候，牛奶白有了顏色，就好像加速播放的繪畫過程般，漸漸成為我熟悉的小木屋。

我站在床前，看著我應該正在睡覺的床。為什麼會夢到這裡？我正想著阿玄到哪去了，忽然注意到樓下有個人影，就坐在客廳的沙發上。

那是個巨大的背影。我沒有見過的背影，但我卻覺得很熟悉。彷彿是為了確認，我的腳自己走下樓，來到他的身後。

黃色帶著斑紋的皮毛，藍色調的傳統花紋服裝。我明明應該沒有見過，可是……

「……林虎？」

我說出了自己都不記得的名字。

「阿遼？」他轉過頭。我呆呆地看著他，腦袋一時有些混亂。

「阿遼！」他猛然抱住我。「你沒事就好……害我們擔心死了啊。」

熟悉的觸感，還有溫度。我一下子想起來了。但不是全部，只是那幾天發生的事……那一段關於林虎把我從妖怪手中救走，躲在這個小木屋裡的記憶。

我沒有想起林虎是誰，只是想起那段時間的事情而已。而且現在我可以確定那段記憶是阿玄阿皓做出的幻境的一部分。但即使如此，我也知道這個虎爺——林虎，是我過去認識的人。這點絕對沒錯。

「我……沒事。抱歉讓你擔心了。」

林虎把我放開，上下打量我。「不過阿遼，我怎麼會在這……這是在他們的幻境裡？」

「我……我不知道。我應該是做了個夢，會不會是像之前顏書齊那樣託夢……」

「但小貓是妖力不強才能夠潛入你的夢境，我直接託夢給你的話應該會被他們注意到才對。而且我沒有託夢……」他稍微停頓。「難道說阿遼，是你把我叫到幻境裡面的？」

「我不知道。我確實想要利用他們兩個的力量，可是我也不知道該怎麼用……」

「那看來是這樣了。雖然不知道你做了什麼，不過阿遼的話說不定真有可能。」

林虎用力在我頭上搓了搓。「沒想到你竟然能找到我。看來我在阿遼心目中還是夠重要呢。」

「呃，不過老實說，我還是想不起來你是誰。」我坦承。「大概是阿玄阿皓他們做的，我沒有之前的記憶。只是他們曾經用你的形象來誘惑過我，所以……我現在記得的也只有他們誘惑我的時候做的事……」

「……聽起來很尷尬。但你記得我的名字？」

「名字……」這麼說，阿玄阿皓好像沒有告訴我虎爺的名字。「是沒錯。但除此之外的事情我想不起來。」

「無論如何，你能把我叫過來就夠了。」他再次抱緊我。「這下我總算能放心了。你沒事就好，再過一天我們就能把你救出去了。」

「你們打算怎麼把我救出去？」

「當然是把那兩個小鬼痛扁一頓。雖然我很想這麼說……但主要是讓你恢復記憶。只要你能想起來，就能夠自力解除這個幻境。他們給你塑造的幻境太深入了，要是硬把你叫醒，有可能會造成精神損傷。」林虎咬牙切齒。「光是想到他們竟然讓你遭受這種危險就無法原諒。」

「他們到底想要做什麼？」我忍不住問。「他們對我倒也沒什麼不好，不如說一直在想辦法討我歡心。可是他們也一直……想……呃，和我上床。到底是為什麼？」

林虎的表情變得很奇怪。「……我也不能理解妖怪的想法。不過既然他們想要，你就別配合他們。」

我說不出我已經跟其中一個上床了。「你說他們是妖怪？」

「是妖怪。一種魔神仔，算是挺強大的妖怪，在這一帶山區力量甚至比當地的土地公還強，就連李克勞也沒辦法硬拆掉他們的迷障。如果不是這樣，我們早就把你搶回來了。」

「李克勞……」我對這名字有印象。「還有顏書齊。所以是你們三個會來救我？」

「對。另外阿遼，平常你都是叫那隻小貓學長。」

「學長……書齊學長？」

「……對。阿遼，你再忍一天。記得明天不要惹惱那兩隻魔神仔，只要能平安撐到後天，我們一定會把你救出去的。」

「我知道了。」

不知為何，我能感受到林虎要離開了。最後我和他再擁抱了一次，他溫柔地親了我的額頭，而我對這動作印象深刻。

果然我還是……

房間像倒帶一樣地退色，而我也再次回到無夢的沉眠中。

「阿遼阿遼！起床了！」

我張開眼的時候，太陽早已升起，阿玄正在我的懷裡小小地打鬧。看到我醒來之後，這孩子便停止了動作，兩手靠在我的胸前，用那水汪汪的眼睛看著我。

「啊，早。」我揉了揉眼。「昨天……呃。所以你想要的東西得到了嗎？」

「嗯——不知道呢。還得看看阿皓的狀況說。不過……」阿玄嘟噥，「好像確實跟想的不太一樣……」

「不一樣嗎？」

「嗯。不過，等阿皓也……」

「好吧，我想也是。」也就是說今晚要跟阿皓做。啊——再怎麼知道沒辦法還是會覺得尷尬。雖然也不是不舒服啦……

我回想起昨晚的阿玄。哎呀，實在是不適合深思的事情，尤其是一大清早。會加強生理反應的啊。

「那麼趕緊起床吧。」我轉移話題，拉著阿玄前往廟宇去找阿皓。

到了廟宇，這次阿皓特地在門口等我們。一見到他，阿玄就跑過去，兩隻土狗躲到一旁竊竊私語。

「昨晚……」「沒錯……」「……所以感覺……」「……很舒服……」

總覺得不是適合我加入的話題。

我在旁邊的台階坐下，用我的意志在手中變出早餐。果然，因為是幻境，其實我想要什麼都可以自己做出來。不過也是昨晚跟阿玄親密接觸之後才能做到的吧。

這樣看來，我對這幻境也有一定程度的掌握力了。我有可能自己逃出去嗎？雖然有點想試，不過再過一天那三隻大貓就會來接我，也沒必要冒險。我還是先安分點多等一等吧。

兩隻土狗交流結束後，蹦蹦跳跳地來到我身邊。

「阿遼……」

「我們感覺狀況和我們想的不太一樣。」

「可是、還是要試試看……」

「雖然有點急！」

「可以……現在就……和我做嗎？」

他們兩個用天真無邪的表情說出了如上發言。

「不要！」

於是我也只能這麼回答了。

「咦——」「為什麼的說……」

「不就只是今天晚上而已嗎！等一天又不會怎樣！幹麼那麼急啊？」

「可是……」

「想早點知道結果的說！」

我翻了翻白眼。「至少讓我休息一下吧？」

「聽說年輕男生恢復速度都很快的說。」

「……十五分鐘……」

……雖然嚴格來說應該沒錯。

「但是我心理上想要放鬆一下啊！」

「跟我們做……很累？」

「……心理上很累。」主要是罪惡感方面。雖然我也有好幾次考慮讓他們變成成人進行，但既然真的要做……我還是想和他們真正的形象發生關係。如果對象只是他們的幻象的話，不知為何就是有一種敷衍的感覺。還是這只是我的精神潔癖而已？

阿皓嘟起了嘴。

「阿遼，好麻煩……」

「哼哼哼哼。不喜歡的話，不做也無所謂喔？」

「嗚……阿遼欺負人……」

「是欺負狗。」

「欺負狗……更不應該……」

「咳嗯。總之既然想和我做，我就想在適合的環境、適當的心情下做。隨隨便便做下去對你們來說也很可惜吧？」

「……也可以現在就幫阿遼改成夜晚的說？」

「那樣我的心情只會更糟吧。」我拍了拍阿皓的頭。「好啦，欲速則不達，你就忍耐一下吧？」

阿皓雖然不開心，但也拿我沒辦法。我將早餐遞給他，他像是洩忿似地埋頭吃了起來。

早餐過後，我們在村子裡閒逛。

雖然村子不大，我們前幾天早就逛完了，但靠著改變幻境的力量，不時將這裡那裡換成其他地方，於是無論我們走到哪裡，看到的都是沒見過的景色。

除了景色以外，就連店家、路人我們都可以改變。偶爾走在人聲鼎沸的老街裡，偶爾走到空無一人的寧靜山道，甚至連想要買什麼都可以在轉角過後讓店家出現在眼前。

就某方面而言就像是台灣老街巡禮吧。我一邊讚嘆著這種改變幻境的力量，一邊和那兩隻土狗一起遊玩。時間過得很快，中午已經過去，不知何時，我忽然發現阿玄不知道跑哪裡去了。阿皓也沒有在意的樣子，只是默默地走在我身邊。

就好像特別安排了要讓我和阿皓獨處一樣。

確實啦，這兩個孩子，阿皓比較少說話，我對他的了解也比較淺。而且今晚預計我們要……上床，我也想趁這個機會和他多熟悉一點。

有些事情也是不問不行。

於是我們走在鋪滿碎石的鐵軌上，我拉著阿皓的手，看著周邊店家和偶爾經過的行人。

「說起來，你們是妖怪吧？」

「……嗯。」

雖然是很突然的話題，阿皓看來卻不意外。

「是什麼樣的妖怪呢？」

「……我們會引誘別人上山，然後把他們抓走。」阿皓回答。「……傳說是這麼說的。」

「傳說？」

「人們流傳的傳說。說我們……會讓人作夢……跑到山上……」

「所以你們沒有抓過人嗎？」

「……有的說。」

「這樣啊。」

「阿遼、生氣？」

「也不會。妖怪就是這樣嘛，就好像野生動物本來就會吃人一樣，我覺得沒什麼。只要你們不是故意的話……好像也很難不是故意？」

「我們會吃人。」阿皓說。「有人被我們騙上山的話……會讓他做好夢，然後……」

「就像現在這樣？」我指了指周遭的景色。

「……嗯。」

「所以如果我沒有成功幫助你們，你們會將我吃掉嗎？」

「……本來是這麼打算的說。」

「本來？」

「現在做不到了說。」

「為什麼？」

「阿遼有很厲害的家人。要是把阿遼吃掉了，我們就完蛋了說。」

「這樣啊。但如果能吃的話，你們還是會吃嗎？」

「……會吃的說。阿遼很厲害的說。」

「這跟我很厲害有關係嗎？」

「……阿遼很懂我們的說。能吃掉阿遼的話，就可以一直跟阿遼在一起了說。」

「這樣啊……」

總覺得阿皓講這話的語氣有些寂寞。不過，他們應該吃掉挺多人了吧？難道沒有之前吃過的人可以陪他們嗎？

「你們存在多久了？」

「不知道。沒算過的說……可能，幾十年吧……」

那可還真久。畢竟是妖怪嗎？

「沒有其他人陪你們玩嗎？」

「也有其他魔神仔。可是，魔神仔都一樣的說……」

「一樣？什麼意思？」

「都跟我們一樣，很……不在乎事情。嗯……」阿皓左思右想。「很愛玩？」

「愛玩有什麼不好嗎？」

「不會在乎彼此的說。除了我跟阿玄……不過，我跟阿玄本來也是同一個妖怪……」

「你們是同一個妖怪？」

「以前是。漸漸就分開了。現在我們也是互補的妖怪的說。」

「這樣啊……」所以才會一起行動嗎？說起來也是，雖然我對妖怪不了解，但感覺一般妖怪很難像他們這樣親密呢。

「說起來，明天的決戰，你們要是輸了怎麼辦？」

「就得不到阿遼的力量了說。不過，如果今晚順利的話……」

「今晚成功的話就沒差了？那明天的決戰可以不用打囉？」

「阿遼想要回去的話，也可以讓阿遼回去的說。可是……」

「可是什麼？」

阿皓的聲音變低。「我覺得我們的幻境是好地方的說。」

「雖然確實是好地方啦，但再怎麼說也不是現實吧？而且一直住在幻境裡的話身體怎麼辦啊？不吃不喝可是會死的。」

「……也比現實好的說。」

「如果要這麼說的話跟自殺不是沒兩樣嗎。我是不能接受啦。」

阿皓發出一聲呼嚕聲，感覺不太滿意。不過畢竟他是妖怪，跟人類的想法不同也可以理解。為了轉移話題，我指向旁邊的店家。

「天色也開始暗了，要不要去放個天燈？」

正好這附近都是放天燈的店家，這個場景是天燈觀光區嗎？

「才不要。天燈很討厭的說。」意外地阿皓馬上拒絕了。

「為什麼？不是很漂亮嗎？」

「燒完會掉下來。勾到樹上的鐵架很討厭的說。」

「這樣嗎……」我好像完全沒有考慮過那個問題。「不過這裡是幻境，無所謂吧？」

「因為是幻境，可以直接這樣的說。」

阿皓揮了揮手，忽然間，數不清的天燈從周遭民房後面升起，一個一個往上飄，漸漸填滿了半片天空。在夕陽對面而呈現藍紫色的天空，點綴上無數黃光，就像是異色的夜空，給人一種幻想世界般的氣氛。

「嗯……雖然這樣很漂亮……」

我還是走向店家，買了一份天燈。我把天燈架起來，接過店家提供的毛筆。

「不過，天燈的意義不就是把願望寫上去嗎？反正在幻境裡不用擔心汙染問題，來吧。」

我把阿皓抱起來，毛筆遞到他的手上。

「來，寫個願望吧。」

阿皓看著手中的毛筆，再看看天燈潔白的紙面，似乎有些為難。然而，過了一會兒，他還是提起筆在天燈上寫了起來。

不知為何，明明就在我的眼前，我卻看不清楚阿皓寫下來的字。可能是他身為幻境之主做出來的效果吧？畢竟願望也是個人隱私，我不會介意。

最後寫下的好像是四個字。到底是什麼願望呢？我點起了蠟燭，幫他把天燈送上天空。

往上飛的天燈融入了無數的天燈之中，成為紫色夜空中星光的一分子。我抱著阿皓看著那些天燈逐漸飛遠，一直到太陽完全下山，夜空中只剩下真正的星星為止。

「回去吧？」

「嗯。」

阿皓把臉埋到我的胸前，就好像想藉著我忘掉眼前的景色一樣。

我抱著阿皓走回小木屋。因為是幻境，其實我想要走一步就到也沒問題，不過我還是抱著他走了三十分鐘左右，就像是散步一樣。

阿皓在我懷中沉默不語。雖然他本來就是個話不多的孩子，不過我能感覺得出他是不想講話。是因為緊張嗎？還是因為剛剛聊的話題呢？

我將他抱到床上，這時的他，仍然是一副可憐兮兮的表情。如果不是這幾天他們不斷在求我和他們發生關係，我還真會以為他不願意呢。

不過也正因此，我也只能盡我所能用最溫柔的態度來對待他了吧。

等阿皓在我懷中沉沉睡去，我也已經做好了準備。這次我知道自己要做什麼，甚至不需要等自己睡著，只是一閉眼，就到了那個牛奶白的空間。

在那裡，我試著召喚這次幻境中我只有聽過名字的那個人——李克勞。於是，黃色的身影在虛空中浮現，我也同時想起了上一輪幻境的內容。那個我和李克勞在這小木屋裡度過的，甚至可以說是甜膩的幾天。

「克勞。」

他緩緩睜開眼。

「……阿遼？」

「抱歉，克勞，讓你擔心了。」我握住他的手。「明天……你們就會來接我了對吧？」

他回以燦爛的笑容。「阿遼沒事。大叔告訴我。我不擔心。」

「你們打算怎麼做？」我在幻境中變出椅子，和他一起坐下。「我是說，你們會進來這個幻境裡嗎？還有，對於阿玄跟阿皓……那兩隻魔神仔……你們打算怎麼處理他們？」

「我們會來。在這裡，打敗他們。」他思考了一下。「打敗後，不知道。」

「林虎和書齋學長沒跟你說？」

雲豹搖頭。

畢竟對他們來說，那兩隻魔神仔是純粹的敵人，大概也沒有考慮過打敗後要拿他們怎麼辦吧。但是經過這幾天的相處，對我來說他們兩個還比三隻大貓更熟悉。雖然我知道我和三隻大貓認識更久，那兩個魔神仔也是對我不懷好意，但或許是形象的關係，我對他們就是討厭不起來。該不會這就是他們的計畫吧？

我不希望他們受到傷害，但又不知道該不該開口。畢竟他們實際上確實把我綁架到幻境裡，現在三隻大貓來救我，我卻幫助綁匪的話，對大貓也很抱歉。更何況，我也不希望大貓因為顧慮我而受傷……

「阿遼，在擔心？」

「……嗯。」

「擔心我們，還是他們？」

「都有。」

「阿遼，跟他們感情好？」

「這幾天和他們待久了，多少有點感情……」我摸摸鼻子。「我覺得他們沒有那麼壞，只是妖怪的想法比較單純，所以才會做出傻事。但其實他們沒有……嗯……好吧，他們確實想傷害我。」

「……阿遼，太好心。」

「這我也知道。」不想傷害任何人，結果反而讓所有人都受到傷害。但就算知道不好，我也沒辦法說出讓某人受傷沒關係這種話。

「我以為克勞會懂我的心情的說。」

然而克勞的表情卻是一臉嚴肅。「妖怪是妖怪。做壞事就要處罰。不過……」他的語氣軟化：「阿遼原諒他們，我也原諒他們。」

「哈哈……抱歉，你們是來救我，我卻說出這種話。本來這時候我應該好好跟你敘舊才對……」

克勞搖頭。「阿遼召喚我們，就很開心。會幫阿遼的。」

「嘿嘿，謝啦。」我給克勞一個擁抱。「有你們在真好。」

「阿遼好心。」克勞也抱了回來。「但不想要更多妖怪。阿遼身邊。」

「哈哈，我沒有想要帶他們回去的意思啦。」話說回來為什麼會認為我可以帶他們回去啊。「我只是覺得他們也挺可憐的，不希望你們消滅他們。把我救走就好，應該可以吧？」

「……不知道。」

「嗯，我不會勉強。畢竟還是你們的安危最重要。」

「阿遼的安危最重要。」

「……謝謝。幫我問問其他人可以嗎？」

「好。」

我把額頭靠在雲豹胸前，閉上眼睛。而他也把下顎靠到我的頭上，我們就這牛奶白的空間裡，靜靜地感受著彼此。

「阿遼！」

張開眼的同時，我感到胸前一陣重壓。

「嗚噗！」

阿玄一把跳到我的身上，用力搖晃著我。

「沒有成功的說！」

「沒有成功的說……」

阿皓也從棉被裡鑽出來，和阿玄一起爬到我身上。雖然他們很小隻，但兩隻的體重加在一起也撐不住。

「不、不能呼吸了啦……」

「阿遼沒成功！」

「不是阿遼……是我們沒成功……」

「我、我知道了啦！你們先下來！」

他們總算下來，一左一右地待在全裸的我旁邊。我緩了一下呼吸，看著他們。

「……所以你們想要的事情沒有成功？」

「明明跟阿遼做了的說……」

「所以到底是什麼啊？而且，你們確定方法沒問題嗎？」

「可是其他人也是這樣……」

「說不定你們被騙了？或是，有人給了你們錯誤的情報？」甚至有可能是他們自己誤解了。和他們相處這幾天，老實說，我有點懷疑他們的判斷能力。

「被騙了？」「被騙？」

兩隻土狗彼此對視。

「不能原諒！」「很生氣的說……必須報復的說！」

就連阿皓都用驚嘆號結尾了，看來他們真的很生氣。但告訴他們這個方法的人又是誰？

「好吧，你們先別生氣，跟我說清楚到底是怎麼回事……」

就在這時，外面忽然響起了警報聲。

在警報聲響起的同時，外面天空還閃爍起紅光，彷彿某些科幻電影的警報一般。但外頭明明是室外啊。我探頭往外看，真的是整個天空都在一閃一閃的，但卻看不出紅光的光源在哪，超級不自然。

「這是怎麼回事？」

「警報的說……」

「他們來攻擊了！」

所以要迎戰嗎？這警報是這兩隻搞的？太超現實了吧！我連忙穿起衣服，拉著兩隻土狗往外衝。為什麼感覺我才是受到攻擊的那個人啊？

到了屋外，除了籠罩整個山谷的紅光，就連山城裡的村民都在騷動。這也是演出的一部分嗎？明明除了兩隻土狗跟我以外的人都只是幻境的一部分吧？

就在我不禁為了這盛大演出吐槽的時候，天空忽然閃爍了一下。

一片巨大的投影出現在山頭。

「……這是什麼？」

那是顏書齊的影像，正用一臉邪惡的微笑揮手。

「那個——這樣應該看得到吧？」他的聲音帶著宏大的回音在山谷間迴響。「所以說兩位魔神仔，我們要來帶走阿遼囉。再過十分鐘我們就會正式進攻，請你們做好準備吧——」

為什麼要特地宣告呢？不，應該說為什麼要裝成一副壞人的樣子？

「……要打仗了呢。」

「打仗！」

阿玄甚至還很興奮。真是的，他們可是要來帶我走的呀。為什麼阿玄阿皓不認為我會主動跟他們走？要是真的打起來的話……

總之只有十分鐘。我帶著兩隻魔神仔，往廟宇方向跑去。

一路上，村子裡的人都躲了起來，一下子變得非常安靜。倒是遠方山間隱約可以看到有些烏雲，這幻境至今一直都是晴天的，這些烏雲應該跟即將到來的進攻有關吧。

我和阿玄阿皓來到廟宇前，只見有許多穿著廟服的信眾在台階兩旁集合。該不會他們要參戰吧？但這些人應該只是幻境的背景……

「打仗！」

「打仗……」

兩隻土狗跑到台階上，彷彿要指揮那些信眾似的。

「喂，你們打算怎麼打啊？」你們知道他們是來接我的嗎？

「就……打仗……」

「兵來將擋水來土淹！」

根本就沒有說明嘛。雖然著急，但很快十分鐘就到了。

遠方傳來一陣尖銳的鳥鳴，接著那團烏雲開始迅速逼近。隨著烏雲的靠近，我也才看清楚——那是一大群不知道是神還是妖怪的東西飛在空中，向這裡直撲而來。

這戰力也差距太大了吧！這些妖怪又是哪裡來的，書齊學長的朋友嗎？

沒過多久，那片烏雲就衝進了山城，無數妖怪在村子裡肆虐。有許多隻也衝到了廟前，信徒們迎了上去，部分信徒也跟著變身——也就是說有些信徒也是妖怪——在廟前的廣場開始大戰。吆喝聲、爆炸聲，各種戰鬥的聲音傳來。

然而，阿玄和阿皓仍然站在廟門口，不為所動。

我正想問他們為什麼不戰鬥——然而仔細一看，旁邊在戰鬥的那些妖怪和信徒，儘管打得非常激烈，卻沒有任何流彈飛到我身邊。我甚至感覺不到多少戰鬥的勁風。換句話說，這些戰鬥——包括信徒和妖怪，都只是幻境演出的一部分而已嗎？

但為什麼要這麼做呢？難道阿玄阿皓還配合他們演出嗎？

我站在廣場中央，不知該做何反應。然而這時，我注意到戰鬥的妖怪們開始往兩邊散開。正如這動作所預示的，有人從山下走了上來——

是那三隻大貓。他們走進廣場，在中央站定。

「阿遼！我們來了喔！」

書齊學長開心地說。林虎和克勞站在他左右兩側，看起來威風凜凜，確實很有搶人的氣勢。

「走吧阿遼，該醒來了。再拖下去你的同學就要注意到你失蹤了，到時候可會很難處理的。」林虎有些無奈地對我伸手。

「阿遼……貪睡。」

不是我想睡吧！為什麼要被克勞指責啊！

我有些猶豫，不過三隻大貓確實是來接我的。我無視廣場中的戰鬥，打算向他們走去——

「阿遼才不會跟你們走呢！」

「阿遼……會幫我們……」

阿玄阿皓跑到我身邊，一左一右抓住我的手。

「咦，等等……」

「所以不會輸給你們！」

「阿遼……想幫我們的說！」

兩隻土狗指著三隻大貓大喊。下一瞬間，阿玄阿皓突然巨大化——他們一下變得有三層樓高，而且還在繼續變高。我站在他們腳底下，擔心被他們踩到，不由得退了一步。

「阿遼，你在幹麼！」林虎氣急敗壞地向我喊。

「我、我不知道……」

阿玄阿皓開始對他們發動攻擊。雖然只是單純的揮拳踏腳，但因為那巨大的體型，隨便掃一下地板都會被掀飛。三隻大貓急忙閃避，四散開來。

「不准你們帶走阿遼！」

林虎似乎有話想說，但在兩隻魔神仔的攻擊下，完全無法靠近我。就連旁邊的信徒都好像突然多了起來，漸漸把妖怪壓制了下去。我擔心受到波及，慢慢退到廣場一角。

「阿遼！」有人拉住我的衣服，我回頭一看，是書齋學長。

「學長！你沒事吧？」

書齋學長上氣不接下氣，但還是緊緊抓住我的手。「阿遼，你為什麼想幫他們？」

「……沒有，我只是……」

「覺得不忍心？看他們可憐？」學長一翻白眼。「這可不行，這是根據你的印象做出來的幻境，換句話說就是你的內心。你要是想跟我們走，他們是不可能阻止的，但你要是不想走，我們也沒辦法帶走你。」

「這……可是我……」雖然我是有些可憐阿玄阿皓，但我應該不至於不想走啊。

三隻大貓要來接我的事我也很早就知道了，應該……

「但現在看來就是這樣啊，我們還想說只要能見到你就結束了……總之現在你必須……哇！」

「不要靠近阿遼！」

學長被阿皓一把抓起，接著丟了出去。

「學長！」

「我沒事！你先……」然而後半句隨著學長化成星星，一同消逝在遠方了。

我擔心學長到底有沒有事，想要追上去，然而還沒跑出去就被抓了起來。巨大化的阿玄把我抓在懷裡，對著在廣場另一端對峙的剩下兩隻大貓伸出手。

「阿遼是我們的！」

「你們……走開的說。」

彷彿是在回應他的話，廣場震動了起來。接著四周冒出了柱子和牆，層層疊疊的牆圍成了一個更巨大的廟宇，同時把兩隻大貓往外推。巨大化的牆壁遠超過一般人的身高，兩隻大貓無法抵抗，很快就被推到我看不見的地方。

不久後，我的周遭就只剩下一個巨大而空曠的房間。屋頂恰好能容納現在變成三層樓高的阿玄和阿皓，除了一張超大的床以外，沒有其他家具，就連門也看不到，完全沒有進出的通路。

這時，阿玄阿皓也終於變回了正常大小，在把我放到床上的同時一起撲到我旁邊。

「剛剛……那是？」

我忍不住問。

「只要阿遼在我們就不會輸的說。」

「阿遼願意幫我們真是太好了！」

我……我想幫他們？我不覺得啊，我最多只是兩邊都不希望看到他們受傷。我確實不想傷害阿玄阿皓，可是更不想傷害三隻大貓啊。

「你們……你們沒事是很好啦，可是他們呢？那三隻大貓沒事嗎？」

「……沒事的說。只是把他們趕走了說。」

「不會再讓他們接近阿遼了！」

他們這麼熱情，我都不知道該不該感動……當然是不感動啦，他們可是想把我關起來耶。而且照之前阿皓說的，太久沒有離開幻境是有可能會死的？

直到這時，我才忽然對這兩隻魔神仔感到害怕。

「那……那好吧，但是接下來怎麼辦？他們還是會來吧？」我打算先試探一下他們的動向。

「可以固守在這裡的說。只要待在這裡……盡量封閉幻境內容，他們就沒有機會進來的說。」

「暫時沒辦法跟阿遼出去玩了，不過我們會一直陪著阿遼的！」

就是這樣才讓人擔心啊。

「固守是要固守多久？」

「只能等到他們放棄了說……」

「到時候我們會通知阿遼的！」

我可不認為那三隻大貓會放棄。如果說要一直等下去的話，該不會……

要一直等到我的肉體餓死為止？

那可不行啊。我感覺得出來，對阿玄阿皓來說，可能不覺得死掉是個問題。或許他們會認為變成幽靈之後繼續待在幻境裡反而更幸福吧？考慮一下現在社會的辛苦程度，或許對某些人而言真的是那樣沒錯……

但我可不覺得啊。即使失憶了，我也不想用那種方式來逃避現實。

一定要逃出去才行。現在跟阿玄阿皓唱反調的話，他們可能會生氣吧。只能先忍一下了……

我看著著個雖然寬廣卻完全密閉的房間。難道他們真的想把我關到死嗎……

不知道是害怕我逃跑還是感覺到我對他們起了戒心，在那之後阿玄阿皓一直和我形影不離，同時也更努力想要討好我。

因為這裡是個空無一物的房間，我覺得很無聊，他們就變出了一大群猛男獸人來陪我。

先聲明，我原本是想跟他們要電視的。但他們說在這裡的電視沒辦法看外面的電視台，最多只能看我的記憶，而我現在失憶了所以沒什麼用。他們不能接受外面的資訊，而為了維持幻境的穩定不讓大貓有可乘之機，也不能像之前那樣改變場景出去玩，只能讓我一直待在這個房間裡。

於是，為了讓我不會無聊的解決辦法……他能所提出來的，竟然是吃跟性。

雖然我可以理解這是人最基礎的欲求啦！不過為什麼會變成這種，我躺在由一堆肉壯獸人所組成的床上，同時還有穿著非常暴露的獸人在餵我吃東西的狀況呢？

就算知道我的性癖也用不著這麼投其所好吧！

現在我舉手投足，碰到的都是身材超好的獸人肉體，而他們不只衣著煽情，每個都更是一臉亟欲滿足我的飢渴表情。雖然是很讓人想入非非沒錯……

但某方面來說也有點可怕？

再加上，知道了他們的真實意圖，我實在沒辦法安下心來享受這些啊！

真是的，這種事為什麼不在前幾天就給我……沒有啦，我只是覺得可惜而已，不是真的想要喔！

還是說，在這種情況下……稍微享受一點點也沒關係？

現在我的手正扶在兩旁獸人如橄欖球般的二頭肌上，身體靠著後方獸人厚實的胸膛，坐著的位置也是該獸人的兩腿之間。他那堅硬而碩大的下體除了非常有存在感外同時也提供了良好的支撐，放鬆下來的肌肉柔軟又有彈性，非常舒服。

旁邊的獸人們爭相用他們粗大的手掌來幫我按摩，也有許多獸人手上拿著各種食物，等待我的命令。旁邊的桌子上有穿著裸體圍裙的獸人猛男廚師在準備料理，各式各樣的料理一字排開，我只要下令，想要什麼他們馬上就會送過來。

這樣子的生活真的可以說是非常糜爛。在捨棄了不必要的偽裝和羞恥感之後，幻境原來可以讓人過得那麼爽嗎？不得不承認真的很舒服啦，就算有人願意死在這裡也怪不了他們吧。

唉，幸好這時候阿玄阿皓還是維持著他們小孩子的模樣，不然感覺我的價值觀都要變得奇怪了。他們各被一個獸人捧在手中，在我旁邊陪我聊天，偶爾也會在獸人僕役的服侍下玩起各種博奕遊戲。

當然，他們對任何正經事都閉口不提，我也知道現在不可能從他們口中問到什麼。只能等他們慢慢放鬆下來，或者是……

於是我假裝開心地陪他們玩，並享受這些肌肉獸人們的服侍。只是假裝享受而已，絕對不是真的陷下去了喔！

至少，在機會到來之前，非得假裝下去不可呢……

雖然這房間裡看不出時間流逝，但在玩了一段時間後，我還是覺得累了。

到底是我的肉體累了還是因為我的希望所以精神也假裝出疲累的模樣，我不太清楚。阿玄阿皓跟我說在幻境中是不需要睡覺的，肚子不會餓也不會飽，一直吃東西也無所謂。但我還是維持著一般人的習慣，吃多了會撐，玩久了會累。

為了配合我，阿玄阿皓跟我一起在大床上睡了。雖然是在一堆肌肉獸人當中就是了。而且他們還不時給我按摩，或用充滿暗示的動作貼上來……這到底是怎樣一種後宮狀態呢。

要在這種狀態下睡著真的不容易，不過，或許是幻境回應了我的期望吧，沒有花多久的時間，我就順利睡著了。

一如往常的牛奶白。

只要在這裡的話，就能避過阿玄阿皓的眼睛和三隻大貓溝通。之前的事情已經證明了這點。在沒辦法離開幻境的情況下，這也是我最後的手段了。

要是這裡還是不行的話……我帶著些許的焦慮召喚大貓，慢慢地，空中刷出了人影。

「書齊學長。」我說。

「嗚——真是的，你在幹麼啦，阿遼！」

學長一出現就一臉不開心地扠腰。

「雖然我知道你一直都很優柔寡斷，但這次也太誇張了吧？你對他們的好感竟然到了可以讓他們把我們輕鬆打飛的程度？我還以為你不是正太控的耶！」

「我……我沒有想到這樣會幫助他們嘛。」我怯生生地辯解。「而且老實說，我被他們弄得失憶啦。現在我對你們也只有一點模糊的印象，就算你們說要來救我，我也很難有實感……」

「但他們兩個可是想利用你的耶。如果我們沒有來救你，說不定你真的會被他們吃掉。你怎麼會對他們這麼沒有戒心呢？一般來說就算不知道來救你的人是誰，能被救走應該都是很開心的吧！」

「……因為他們感覺很為我著想嘛。為了讓我開心，做出各式各樣的幻境內容……感覺也沒有特別想強迫我，只是想博取我的好感……」

「他們這種妖怪就是這樣啊！不然你以為他們要怎麼誘拐人類？」學長翻了個白眼。「為了讓你自願留下，想讓你開心是理所當然的吧。而且他們本來就不可能強迫你，你不是真心就沒用。讓你自願留在幻境裡才是他們的勝利條件啊。」

「……好啦，我知道錯了。」現在他們讓我留下來的方法真的無所不用其極——我是指那些肌肉獸人僕役——但也因此讓我了解到他們確實是不懷好意，至少，不是真正為我著想。

「現在我該怎麼辦？」

「首先你得真心想離開幻境。」學長朝我打量。「然後……就是……對我們的信任吧。」

「信任？」

「就好像那兩隻魔神仔花了很多時間取得你的信任一樣，你也得信任我們，我們在你的幻境中才會有力量。原本我以為只要靠過去的羈絆就可以的……誰想到阿遼竟然對我們這麼不在乎……」

學長一把鼻涕一把眼淚地擦起臉來，雖然我直覺認為這肯定是假哭，不過還是忍不住……想吐他槽。

「……但是學長，如果不是你那時候假裝要進攻村莊，我說不定還沒有機會和他們混熟耶。」

「那也是沒辦法的嘛！不配合一下他們的目的，一下子就會被發現趕出去啦！」

學長嘟起嘴。「而且誰知道阿遼會這麼容易就跟他們混熟啊！當初我都沒那麼容易的說！都是阿遼的錯啦！」

「呃，對不起啦……」

「再說，在你不了解我們的情況下，不演那場戲我們就很難進去幻境啊。就是因為你認為我們一定會在進攻時出現，我們才能理所當然地出現。為了救你我可是費盡心機耶，誰知道阿遼這麼不領情，有了新歡就忘了舊愛……」

「嗚……我知道了，就說對不起嘛，別裝哭啦……」

「就算知道是裝哭也別說出來啦！」

「好好好。那也就是說，只要我能信任你們，就可以離開這個幻境了？」

「說是這麼說，不過也不是那麼簡單呢。因為之前那一仗的關係，現在他們退到更深層的幻境中去了……有些概念已經成了既有印象，要打破會很不容易。」

「既有印象？」

「例如說，阿遼你覺得自己被關起來了對吧？覺得那兩隻巨大化的魔神仔比我們還強對吧？這些印象會讓我們救你變得困難。其實對大叔和克勞來說，那兩隻魔神仔很輕鬆就能驅除的呀……唉，畢竟阿遼失憶了也沒辦法呢。這樣的話，只能來點猛藥了吧？」

「猛藥？」

「嗯——我在這裡待太久可能會被注意到，今天就先到此為止吧。阿遼記得操作一下時間讓你那邊的一天過快一點喔，不然拖太久對阿遼的肉體不好的。雖然幻境中的時間和現實時間無關啦。」

為什麼講的一副我很輕鬆就能做到的樣子啊。

「下一次……阿遼先召喚大叔吧。我們會在那之前討論方法的。那麼，下次見囉——」

學長揮揮手，身影開始消退，真是的，為什麼這麼趕啊……還沒抱怨完，我也跟著清醒過來了。

張開眼的時候，看到的是阿皓正趴在我的胸前，明顯想要撒嬌的表情。是注意到了什麼嗎？但我也不好點破，只好假裝沒事起身。當然，是在一堆獸人僕役的服侍下就是了。

接下來就是繼續之前那樣荒淫無度的生活了吧？雖然確實很吸引人，但昨天我也算享受過了，現在我的目標就只有趕快順理成章地回去睡覺而已。

為了達成這點，我也只好進行一些比較消耗體力的活動……在這個密閉房間、又滿是派來服侍我的肌肉獸人的地方，消耗體力的活動也只有那一種。雖然心理有些愧疚……不過享受還是享受的啦。

那麼理所當然地，在經過幾人服侍之後，我也就疲倦地在眾多獸人的懷抱中閉上眼睛。

再次來到牛奶白的空間，這次我依照學長所說的，召喚了林虎。

「阿遼……」

出現在眼前的虎爺，看著我的表情在關懷中還帶著一絲無奈。

「……對不起。」我當然了解他的意思，說好了由他們來救我，不要做多餘的事，結果卻變成這樣了。

「唉，我也知道阿遼就是這樣。也因此我才會覺得你是個好孩子……這也沒辦法。」林虎摸了摸我的耳朵。「只是這樣就變得有些麻煩啊。」

「上次跟學長見面的時候他說了猛藥。那是什麼意思？」

「目前的狀況也沒什麼好辦法。你得相信我們比他們強、得相信我們的羈絆，就算你覺得我們沒有比他們強，為了救出阿遼我們也不會輸。只要能做到這點，就不可能輸，畢竟我們本來就比他們強很多啊。」

「那我要怎麼……」

林虎盯著我。

「話說阿遼你失去記憶了對吧？」

「嗯，對啊……」

「感覺不出來你失憶了。你對我的態度都差不多啊……」

「可能是因為印象還有留下來一點吧？但我是真的不記得發生過什麼事。」

「也就是說，你已經忘了……我的名字是怎麼來的嗎？」

「嗯。我只記得你的名字而已。」

「……這樣啊。」林虎將眼神放遠。「所以小貓才說要用那種方式……」

「什麼方式？」

「他把這個稱為衝擊療法。雖然我很懷疑有沒有效啦……」

「所以那個衝擊療法是什麼？」總覺得有不祥的預感。

「大概是這樣。」說著林虎忽然出現在我身後，一把抱住我，在抱住的同時手還

往我的下體摸去。

「咦咦！」

「因為我們不能久留。那隻小貓說這是最快速加強印象的方式。不過看他用那種猥瑣的表情說出這些話，總覺得不能信任啊。」即使這麼說，林虎的手還是在我的身上揉來揉去。「他說只要照平常那樣就好。雖然對神來說性行為沒有特別的意義，還是難免會覺得尷尬。阿遼，可以嗎？」

總覺得你已經動手了說……不過這時候我也沒有別的選擇吧。既然學長這麼說了，也只能相信他嗎。

「……嗯，試試看吧。」

「好。阿遼，放輕鬆，交給我。」

林虎將我的頭往後撥，和我深吻起來。帶刺的舌頭闖進我的口中，刮著我的舌頭，有些痛，又有些癢。這是所謂的平常那樣嗎？我平常就會跟林虎……這個那個？

林虎那駕輕就熟的動作證明了這點。他的手伸入我的褲子裡，直接往我的後穴摸去。同時他撐住我的上半身，將我放倒——此時旁邊出現了一個巨大懶骨頭，正好讓我躺了上去。

「抱歉阿遼，時間不多，我會有點急。」

「嗯，好……」

我只能呆呆地回應，總覺得相當害羞……不過該怎麼說呢，我也確實不會有排斥感。身體是習慣的，在被他抱著、被他親吻的時候，比起害羞，更多的感覺是「就該是這樣」。

他把我的兩腿抬高，不知何時我的褲子已經消失，他溫柔地將舌頭往我的下體靠去。我正想說那邊不行，他可是神啊……但他看來並不介意，而且這裡是幻境。雖然這多少是心理問題……

不過我必須承認他的嘴巴很溫暖。天啊，這想法超羞恥的！尤其是他那帶刺的舌頭，稍微是有點刺激太強了。到這種程度其實不是很舒服，不過他也很清楚，只是輕舔了一下舌頭就退了下去，只是用上顎來提供刺激。

這麼想可能很奇怪，但——從他的熟稔程度來看，我相信他確實很常跟我做愛。

平常的我到底是怎樣的人啊！

林虎的口技讓我忍不住扭動身子，不過他很快就鬆開了口。接著他的舌頭往下，我知道正戲要開始了。

他的舌頭舔到了我的後穴。那些軟刺弄得我神經發麻，這比前面的刺激更讓我想躲。但林虎的手摟著我，讓我放鬆，很快我也就適應了那些軟刺，身體舒緩下來。

林虎看我不再扭動，以手指試探了一下我後穴的放鬆程度，接著握住他的巨棒，準備插入。

剛剛我就有注意到了，因為林虎原本就比我高大，那邊的大小也是異於常人。不是我要抱怨，都差不多快有寶特瓶的大小了……我吞了吞口水，忍不住擔心這麼短時間的放鬆，能讓我承受那麼大的巨物嗎？應該說人的身體能夠承受那麼大的巨物嗎？不過，雖然理智覺得不可能，內心卻有個直覺告訴我沒問題。

於是林虎緩緩插了進來。意外地真的不痛，取而代之的是滿脹到過分的充實感。我那邊的彈性有那麼好嗎？林虎一邊摸著我的肚子，一邊以非常緩慢的速度插入。在插到一半後，他俯下身來和我接吻。

林虎的舌頭真的很靈巧。我現在也勉強算是習慣了他的軟刺，而他就這樣勾著我的舌頭，不時又吸又舔，在我的口中翻雲覆雨。我被他吻得呼吸急促，腦袋一片空白。等我注意到時，他的小腹已經抵到了我的屁股上——那寶特瓶般的巨根已經完全進去了。

我忍不住摸了摸我的肚子，沒有凸起。我還想說那麼大的東西會不會把我的肚子捅穿呢，不過看來沒事。我只是感受到了強烈到有些不適的壓迫感，以及後穴被頂穿界線的那種刺激。

是的，大到這種程度的時候其實不是非常舒服，但那種精神上的快感卻壓過了肉體的不適。我剛剛在放鬆期間軟下來的下體如今已是硬到極限，而林虎也很熟悉我的想法，用他那帶有肉球的厚實手掌握了上來。

林虎開始微微地晃動。因為他的體重和大小，小幅度晃動造成的刺激就很強，而他也盡可能抑制過度的刺激，將大部分的心神放到了手的動作上。

不知道是我真的流了那麼多汁還是幻境的效果，林虎的手掌沾滿了黏液，非常順滑，在我的下體上迴轉的力道都恰到好處。我原本以為滿是細毛的手掌摸起來會很癢，但或許是因為液體的關係，反而更是加強了包覆感。

天啊，真的好舒服！林虎稍微加強了力道，把他的巨棒往更深的地方推進，這一下讓我的腰都整個軟了下來。我癱倒在他的懷中，他一手摟著我，另一手持續動作，同時吻顎不斷在我的臉上、胸前、肚子上輕舔。我真的感覺要融化了，這種無微不至的照顧，這種建立在熟悉之上才做得出的溫柔。

我發出呻吟，而他加強了力道；我身體顫抖，而他輕嘆喘息。

終於我忍不住了，緊緊抱住他的手，而他也看出了我的反應，手上的動作變得更溫柔，讓我在他的掌心宣洩而出。

見到我釋放，林虎摸了摸我的頭，接著從我的體內退了出來。

我躺在懶骨頭上喘氣，稍微花了點時間才恢復過來。我注意到林虎沒有高潮，那巨大肉柱仍然在他身下挺著。注意到我在看著他，一瞬間他就換上了衣服，下面自然也看不到了。

「那個……你沒關係嗎？」

他自然知道我的意思。「沒關係。神本來就不需要性宣洩，平常我會那做，也只是配合你而已。我知道要是我沒發洩出來你會覺得愧疚。」

林虎摸了摸我的頭，順勢把我抱進懷裡。

「不過今天比較趕就別管了。阿遼，雖然我不知道是不是這樣就可以，不過先試試看吧。看在這個地方，你能不能讓我附身。」

「附身？」

「沒錯。只要能附身，就算是在這幻境裡，你也能隨時召喚我了。只要能發揮我的力量，那兩個魔神仔還不手到擒來？」林虎得意地笑了笑。「不過為了保險，還是等你跟克勞也聯絡過吧。總之，先來試試看。」

「嗯，喔……」

我還有些呆滯，林虎已經放開我，握住我的手。

「來，想像一下我進入你的身體裡。不是那種進入喔，那種剛剛已經進入過了。」

我臉上一紅。不要開黃色笑話啦！總之我閉上眼睛，感受林虎那溫暖的手掌……然後想像他的力量透過我的手流入體內。

我一開始，還搞不懂附身是怎麼回事。然而一想像之後，就覺得彷彿呼吸一般自然——林虎充斥在我的身體裡、我的周遭，那股暖意就像在我身體裡流動著，就像我正持續被林虎擁抱。然後——

當我張開眼時，我的手已經變成虎掌了。

「哇，這個……」

我把手翻來翻去，上面的虎紋、掌心的肉球和細毛都清晰可見。我摸了摸身體，感覺自己整個人都大了一圈。

「……這只是有陰陽眼的你看起來是這樣，一般人眼中你還是阿遼。」林虎透過我的嘴巴回答。

但對於妖怪來說，我看起來就是虎爺？我也在心中提問。

「差不多吧。還是不太一樣，他們看得出你是被虎爺附身的人。不過，要說外在形象的話，確實差不多。」

所以……你會用我的身體來對抗那兩隻魔神仔嗎？

「……對。我知道你覺得不忍心，但我們也不會下重手。至少不會把他們消滅掉，你放心吧。」

……我知道了。

我的心情多少還是有些糾結，不過我也知道這不是擔心他們的時候。他們只是外表是小孩，其實是活了很久的妖怪，吃過人也打算吃掉我。理性上我很清楚，只是情感上還放不開而已。

……在下次他們救我出去前，一定要放開才行呢。

和林虎道別後，我從牛奶白空間中醒來。阿玄阿皓仍然吵著找我撒嬌，為了不被他們發現，我仍然親切地安慰他們。

但是……果然我也漸漸地沒辦法關心他們了吧。應該說比起關心他們，我現在更關心我自己。畢竟他們確實把我囚禁了起來，這個做法讓我真正對他們起了戒心。

希望不會被他們看穿就好了。

總之，我還是假裝和他們以及那些獸人僕役進行各種玩樂，一直到再次覺得疲倦，進入夢鄉。

這一次，當我在牛奶白空間張眼的時候，克勞已經在我面前了。

就好像他正在等我似的。明明應該是我召喚他過來的才對。

「阿遼……」「克勞……」

我們一起開了口。

「啊，嗯……你先說？」

「阿遼先。」

「嗯……也……沒什麼。」我有點尷尬，不知道該怎麼開始話題。雖然我心中有著當初阿玄阿皓做出的克勞幻境的記憶，但我現在知道那裡面的不是真正的克勞，而是他們依照我對克勞的印象做出來的形象。也就是說，我對真正的克勞還是不怎麼了解。

但我至少知道他是個話很少的……神？我不清楚他的來歷，在上一個幻境中我覺得跟他很親近，但那有點像夢一樣，不是那麼……現實。現在的我看到他，雖然不會覺得陌生，但也有些害臊。

「那個……你知道我們現在要做什麼嗎？」

「書齊跟我說，做愛？」

唔哇！好直接！

「那個，如果你不想要的話，也可以不用……我總覺得不可能只有這樣的辦法。他們的意思應該是要想辦法讓我恢復對你的印象吧？就……就算做愛可以，那也有點太極端了。不是一定要用那種方式的。」

「阿遼不想做？」

「呃……也不完全啦。我只是會不好意思，而且我也擔心你會介意。」

「我不介意。」

「……難道說，我平常也會和你做愛嗎？」

「會。」

超直接！

「……如果是那樣，那應該沒關係吧。」我實在不知道該不該覺得這是好事。「但對我來說還是有點……你知道我現在不記得和你之間發生過的事……」

「阿遼擔心，我可以等。不過書齊說很急。」

「我也知道很急。我只是想要多一點心理準備，而且……我也想知道有沒別的方式。」

旁邊出現了軟沙發，我和克勞一起坐了上去。這應該是我叫出來的吧？與此同時前面出現了高度恰到好處的矮桌，上面放著茶和點心。

茶是有著麥芽香氣的老欉阿薩姆，搭配幾個麻糬。我吃了一口那個麻糬——跟平常吃的麻糬不太一樣，這是什麼？在我的常識中沒有這樣的麻糬，所以這是克勞叫出來的嗎？

我品了一口茶，享受麻糬殘留的甜味和茶香在口中混合。但時間確實不多，我嘆了口氣，把茶放下。

「那個……克勞。你喜歡我嗎？」

「喜歡。」

「太直接了反而感受不到誠意……呃……你是喜歡我的哪一點？」

克勞想了一下。「都喜歡。阿遼很認真。很為人著想。」

「但這次好像就是這個為人著想出了問題……」我抓抓頭。「我也不是刻意要幫那兩個魔神仔，但我對他們就是恨不起來。好像因為這樣讓你們沒辦法救我出去了。但就算現在……我對他們已經有點戒心……我的內心還是不想傷害他們，還是想著有沒有可以讓大家都開心的解決辦法。這樣是不是……反而很討厭呢？」

「但阿遼很溫柔。這就是阿遼。」

「嗯……謝謝。」不知怎麼，我知道克勞會這麼說。「有沒有辦法可以離開幻境之後再幫助他們？」

「我不知道。」

「你覺得呢？有可能嗎？或者說……如果離開幻境之後，我恢復記憶，我還是想幫助他們的話，你會幫我嗎？」

「……阿遼希望的話。」

「這樣……」

「但，我不想。」

「……咦。」

我有點意外，感覺克勞是個很溫和的人，沒想到他會這麼直接表現反對。

「他們想傷害阿遼。為了他們的事。我不能同意。」克勞斷然說。「阿遼希望，我會幫。但不想幫。」

「……我知道了。」

不知道為什麼，這句話某種程度解除了我的煩惱。明明對現在的我來說，認識克勞的時間還遠遠沒有和阿玄阿皓互動的時間久，但這話讓我深切感受到……克勞和我更親近，克勞是真正在為我著想。

「阿遼不擔心。」突然間，克勞靠了過來，把我的頭放到他的肩膀上。「我們會幫阿遼。就算阿遼想幫他們，我們會給阿遼最好的。」

最好的什麼呢……怎麼做到呢？但和這些疑問比起來，他給我的關懷才是最真切的。我放任自己倚著他，讓他的支持深入內心。

「……克勞，謝謝。」我這麼告訴他。「吶、我們來做吧。」

克勞沒有說話，只是點頭。

「啊，對了。雖然我聽林虎說，神靈沒有性高潮也無所謂……」這話說起來還是有些羞恥，「不過如果可以的話，我希望能滿足你，就算這只是我的自我滿足也一樣，我會覺得這樣更……為彼此著想。所以……」

「我知道了。」克勞打斷我的話。「我會滿足的。」

這種話好像不該事先說……不過他就是這樣吧。我在心裡微笑，往他身上抱了上去。

隨著我動作，克勞也跟著主動起來。他親吻我的臉、脖子，接著往下，慢慢往胸口和肚子親了過去。說是親吻，但那有些笨拙的動作更接近小幅度的舔。他將我的身體舔溼，那痲癢的感覺和些許黏稠，讓氣氛一下煽情起來。

「啊……克勞……」

他越過了小腹，舌頭往重要部位移動過去。那附近比起其他地方更為敏感，我忍不住發出呻吟。他在附近挑逗，不知是害羞還是故意不去碰重點，倒是把手伸向我的陰囊輕輕撥弄。

我其實不是很喜歡被碰陰囊，不過他的動作非常輕。在我被弄到硬的不行、不去看都知道流了許多汁之後，他才一把猛然含住我的下體，讓我一下子喊了出來。

但他並沒有含太久。他只是用舌頭包覆，彷彿要將整個下體舔溼。接著讓我意外的是，他起身跨坐到了我的腰上。

「咦？克勞……」

他要當受嗎？我有點不敢想像。

「阿遼說要讓我滿足。」

「可、可是……我以為……」

「兩人都要滿足。」他用很認真的表情回答。

那為什麼是我先……還沒來得及問，克勞已經坐了下去。我和他都輕喊出來，他緊閉著眼睛，感覺像在忍著痛楚；而我則是因為他一下子坐到底，為那熾熱的溫度受到衝擊。

雖然才剛進去，但我隱約能感到克勞的身體已經在收縮。我忍不住抬腰往上頂，克勞的表情仍然沒有放鬆，但他的下體仍然硬著，實際上，正隨著我的動作而上下晃動。

那個模樣在我心裡點了把火，而且正是因為他的表情而更加煽情。我扶住他的腰，必須再次強調那手感非常好。不只是因為下體的刺激，更多是因為視覺上、精神上的氛圍……我閉上眼睛，從喉嚨發出低鳴，想要加快速度。

然而這時克勞卻站了起來。我困惑地張開眼，他卻對我露出微笑。

「換我了。」

於是他退下來，並將仰躺在沙發上的我兩腳抬起。我一時間還沒有轉換過來，但他已經俯身開始舔起我的後穴。他輕舔兩下，接著將爪子往我的下體沾了沾，把那上面的液體抹到我的後穴，並用兩根手指為我放鬆。

他的動作很迅速，卻不粗魯。他重複著撐開指頭再收回，雖然技巧不是很好，但效果很直接。我很快放鬆下來，而他也放入第三根。

接著，克勞將他的下體對準，緩緩放了進來。他沒有比林虎大，這大小可以說恰到好處。當然並不是說誰比較好，那是不一樣的體驗。

但是，克勞確實……該說是大小很適合嗎？就算只是單純進出也很舒服，而且他仔細在觀察怎麼動作我比較有感覺，試了幾次就能精準地頂到點上，就算稍微偏移，他也很快就會注意到。

在我享受他的細心時，他忽然把手指放入我的口中。我不由得忘情地舔了兩下，而他沒有等我將手指舔乾淨，就將沾滿口水的手指移到我胸前的凸起。

不只如此，他將另一手放上我的下體，並把那邊不斷被頂出的液體塗抹到我身上。然後，他彎下腰，一點一點地將我身上的液體舔掉。

唔哇，這……好羞恥！我沒想到克勞會做這種事，但也好舒服！而且克勞在舔的同時，腰部的動作沒有停，甚至連握住下體的手也在持續抽動。連續的全方位刺激讓我支撐不住，捧住他的頭，想要抱緊他。

克勞也注意到了，他加快速度，並單手回抱住我。我在他加快的手速下無法抵抗，在他的肚子上噴射出來；而他也在同時吻住我，隨著他的舌頭深入，我也感受到他的下體正在我體內跳動。

我倆在高潮中持續深吻。

呼吸緩下來的時候，克勞也放開了我。

我沉浸在剛剛的快感中，還有些無力，然而克勞已經回到他平時的表情。總覺得有些可惜，因為剛剛做愛時克勞的表情真的非常可愛……

「阿遼。可以附身了嗎？」

哎唷！幹麼這麼著急，簡直像工作似的。不過克勞就是這樣啦……

我點點頭，握住克勞的手。

他將額頭抵在我的手背上，接著一陣暖流流入體內。他的身影消失，而我的身影則漸漸拔高，手也變成他的手。

原來……是這樣的啊。

第二次被附身，我也更了解了一些附身的狀況。我能夠感受到克勞在使用我的身體，能夠用想的跟克勞溝通。大概，他還能透過我的身體施展法術之類的吧。所謂的透過身體行使力量就是這麼回事嗎……

……阿玄阿皓，也是想要這份力量嗎？

「可以了。」克勞告訴我。

「……嗯。」

克勞大概也不能待太久，所以他得離開了吧。我總覺得有些寂寞，不過這也沒辦法。

只要離開幻境，就可以很容易見到三隻大貓了吧。

「那麼克勞，我就……」

「書齊說不用找他來。」

克勞忽然打斷我。

「不用找他？」我一時有點聽不懂。「你是說，不用把他叫來我的夢境嗎？而且，呃……不需要練習讓他附身嗎？」還有之前的那些事，不過這裡就不用特意去提了。

「書齊他，無法附身。」

「……無法附身？」

雖然不清楚是怎麼回事，不過……好像有這樣的印象？

「他們說，做好準備。」克勞沒有回答。「我們準備好了。阿遼想要，叫我們來，就可以離開。但是，阿遼要好好想想。」

「好好想想……嗎。」

「阿遼想幫他們。先幫自己。」

「……說得也是呢。」

「做好準備。」

克勞拍了拍胸口，接著握住我的手。然後，隨著牛奶白空間一起慢慢消逝。

第五章 魔神仔

於是我再次張開眼睛。

封閉的空間裡看不出時間，我不知道自己睡了多久。在我看來，一切都跟我睡著前差不多，就連睡在我兩側的阿玄阿皓，也仍然拉著我的手臂沉眠。

他們兩個的睡臉真的很可愛。那小小的身體、如同無尾熊般抱住我的姿勢，也讓人覺得他們很無助、很想疼惜。

但現在我知道了對我而言重要的是什麼。至少，不是乖乖聽他們的話，讓他們予取予求；就算要幫他們，也要用我的方式。

於是我小心翼翼地掙脫他們，在獸人僕役的幫助下起身。無數僕役仍然在房間中隨侍，這些僕役有多少意志呢？我跟他們說的話，阿玄阿皓會聽到嗎？

我也不清楚，不過要談話我還是想直接跟阿玄阿皓談，於是我在變出來的沙發上坐下，一邊被僕役按摩，一邊等待他們醒來。附帶一提不是我想被按摩，只是無論我做什麼他們都會想服侍我，所以不如他們有點事做罷了。

等了一段時間——我也不知道是等了多久，反正我一邊等一邊喝茶吃點心，而且這裡吃不飽可以一直吃——終於阿玄揉揉眼睛爬了起來。

「阿遼……？」他還不太清醒的樣子，就已經伸手想要找我。這一下子加深了我的罪惡感，不過再轉念一想，這很可能就是他們的計策。

「起來了嗎？要不要先吃點東西？」我不打算直接攤牌，再加上旁邊的僕役都是他們的人，我打算先拖一下時間。

僕人捧起阿玄，把他送到沙發上。我拿起一小塊蛋糕，餵給他吃。

「……阿遼？」可能是注意到我態度不對，吃完蛋糕後，他眨著眼看我。

「我說阿玄，你真的不能告訴我你們到底要我幫什麼嗎？」

他稍微呆滯了一下。「阿遼幫我們就跟阿遼說。」

「可是我已經……幫你們做過那個……上過床了。結果沒有成功不是嗎？所以要怎麼辦？」

「嗚……只能讓阿遼留下來，一直到找出辦法為止了……」

「你們告訴我想做什麼，說不定我能幫你們啊。」

「阿遼先答應會幫才說。」

「為什麼啊……難道你們覺得，我不會答應？」

「……應該吧？」阿玄錯開眼神。

「這樣我更難答應啦。總之，不知道要幫什麼我是不會答應的，不如跟我說說看吧？」

「嗚……」

「阿遼覺得我們很重要嗎？」

這話是阿皓說的。不知何時他已經起床了。旁邊的僕人見到他起床，過去將他捧起，送到沙發這來。

「重要嗎……或許吧。」我曖昧地說。「至少我不想看到你們難過。」

「比其他人重要嗎？」

「其他人？」

阿皓沒有回答，不過……應該是指那三隻大貓吧。

「我不知道。為什麼問這個？」

「我們希望阿遼留下來。」阿玄說。

「我們怕阿遼回去後就不理我們了……」阿皓說。

「沒有阿遼的力量的話……」

「所以希望阿遼能重視我們……」

「陪我們……」

「「……待在這裡。」」兩人異口同聲。

我試著整理他們的意思。

「也就是說，你們……沒有打算讓我回去？」

他們兩個默默看著我。

「……喂，等等。就算我因為待在幻境裡，肉體餓死也無所謂嗎？」

「但阿遼會一直在幻境。」

「……和我們在一起的說。之後也能透過幻境出現的說。」

「這裡想要什麼就有什麼，比現實快樂。」

「是沒有煩惱的地方的說……」

「我們也知道人類會死掉。」

「可是，這裡更好的說。」

「跟天堂差不多。」

「我們……也會負責任的說。」

我嘆了口氣。「一點也沒有負責吧？在幻境中死掉的人，或許是過得很幸福。可是……」

接著加強了語氣。

「他身邊的其他人，還是會痛苦啊。」

「……啊嗚……」

「可是，那也沒辦法吧？一般出了意外也都……」

「所以你們認為你們做的是害人意外死亡嗎？」

「……不是的說。」

「呃……嗯……不是意外。」

「所以說不行嘛。」我輕拍桌子。「這樣我當然不可能會幫你們。再怎麼說，讓我死掉我絕對不可能答應的。」

「所以才不跟阿遼說嘛！」

「……可是阿遼不幫的話……」

「就只能強迫阿遼了！」

「難道你們至今不是一直在強迫嗎？」我有些無奈地說。

「我們一直都是好好地詢問阿遼喔。」

「強迫的話……不是這樣……」

雖然只是簡單的一句話，但不知為何這回答卻讓我寒毛直豎。

「所以你們打算現在開始強迫我？」

「要看阿遼答不答應……」

「所以阿遼來幫我們吧！沒有別的選擇了！」

阿玄用開朗燦爛的笑容說出這句話。這反而讓人更不舒服。

「我知道了。」我冷靜地回答。「那麼看來……」

我一推沙發，只有我跟沙發往後飛了出去。阿玄阿皓就這樣浮在空中，轉頭看我。

「是時候決裂了呢！」

「咦——為什麼？」

「……阿遼過分……」

在這麼說的同時，阿玄阿皓的身形開始巨大化。旁邊的無數獸人僕役向我靠近。是想要抓我吧？於是我從沙發上往後跳下。

「林虎，拜託你了。」我在心中默念。

「吼！」

回應我的是一聲虎吼，而且還是從我口中發出來的。類似氣勁的東西從我身上爆發出來，一下將靠近的僕役全數震退。

「這是……」

「附身？」

阿玄阿皓驚訝地看著我。

我想要回答他們，再次對他們勸降。然而這時我的喉嚨已經不受我控制，正發出被壓抑的低吼，同時我用四肢著地，擺出類似虎撲的姿勢。

手掌壓得好痛……

「哎呀，抱歉抱歉。被天性牽著走了。」我的口中傳來林虎的聲音，接著他往前衝出，但不再是四肢著地，只是將重心放低。他向阿玄撲去，這時的阿玄已經變成了兩層樓高，對著衝鋒的林虎一掌拍了過來。

巨大的手掌出現在我眼前，我被嚇到心臟停了一拍，幸而控制我身體的林虎毫不受影響，他抓住阿玄的指尖，一翻身跳了上去。

阿玄完全沒料到林虎會做出這種動作，他用另一隻手想抓住我，但林虎反應迅速，馬上就順著他的手臂往上跳。

「咦？咦？」

阿玄一時找不到林虎在哪裡開始繞圈，阿皓也跑了過來往阿玄身上拍。然而他們完全跟不上林虎，他左避右閃，一下子跳到了阿玄頭頂。

「克勞，拜託你啦。」

輕輕的一聲「嗯」，我的身體對著腳下的阿玄伸出手。一道閃電從中放出。

「唔哇！哇哇哇哇——」

阿玄大喊著倒了下去。雖然全身冒著煙，但很快就掙扎著爬了起來。看來閃電的效果不是那麼好，不知道是不是巨大化的關係。

「雙重附身？竟然……」

隨著阿玄倒地，我跳了下來，同時阿皓也已經趕到旁邊。他往我抓來，這次附身在我身上的克勞卻不閃不避，直接伸手一道閃電就向他劈了過去。

阿皓受到閃電直擊，動作停了下來，但沒有跌倒。他也是全身冒煙暫時無法動彈，而這時附身在我身上的換成了林虎，向阿皓撲了過去。

「不行！」

恢復過來的阿玄大喊，同時開始指揮起獸人僕役。

大量的獸人僕役衝向阿皓擋住他，也有許多往我身上撲來。林虎流暢地閃避，但人牆實在太厚，林虎已經沒辦法再接近阿皓。阿玄這時也同樣被一堆獸人僕役給保護住。

「有點煩人啊……」

林虎低聲抱怨。他仍然不斷閃避著向他撲來的獸人僕役，不知不覺間僕役的數量越來越多，空曠的房間密密麻麻的一片，漸漸包圍了我們。

要說起來，雖然有兩個神靈附身在我身上，但客觀來說只有我一個人。於是就變成了好幾百人加兩個巨人包圍我的態勢。我看著眼前的茫茫人海，怎麼覺得有點像某個系列的無雙遊戲……

「喂，不要去想這個啊！」

隨著我的想像偏移，那群獸人僕役們手中出現了長矛和弓。已經不能說是僕役而是士兵了？

「喂喂喂，你是在故意給我增加負擔嗎？」

這個……我也不是故意的，想像很難控制啊。林虎持續在士兵間閃躲他們的長矛，幸好他們動作不快，感覺甚至比剛剛還呆滯，閃躲起來不難。然而士兵的數量越來越多，房間裡已經沒有多少空地，加上他們拿起了長矛，能站的地方越來越少。

「這可不行……阿遼，我攻擊他們沒關係吧？」

我還想說林虎為什麼都只閃不打，原來是顧慮我嗎？當然沒關係了。而且如果真的是照某個無雙遊戲的話——

只見林虎揮出一爪，不出意料地出現了爪子的光影特效。被擊中的獸人士兵做出被打的姿勢，接著就消失了。

……果然變成無雙裡的士兵之後更好處理了。應該說ＡＩ降低了嗎。

「這樣啊。也不錯，一點都不血腥我就可以大展身手了。」

林虎像割草一般地將旁邊的士兵劈開，以穩定的速度向阿皓衝去。阿皓似乎也不想跟林虎衝突，不斷退後，眼看林虎前進了許久都沒追上。

我看向周遭，感覺空間似乎變大了？彷彿在回應我的確信，我們眼前忽然出現了柵欄。

房間變成了戰場陣地，無數士兵層層疊疊地擋在柵欄間，箭矢飛過林虎身後。

林虎壓低身體躲避箭矢，並翻過柵欄縮短距離。士兵們也注意到這點，他們拿著長矛站到柵欄後，讓林虎沒辦法翻越。

「這是遊戲對吧？我們也知道！」阿玄躲在好幾重柵欄後對我們大喊。「只要能讓你們受傷，遲早可以將你們趕出去！」

咦？也就是說只要林虎的生命值歸零，就會被趕出幻境嗎？

「你不要那麼想就不會。」林虎說。「小心他們的暗示。而且我可不會敗在這些小兵手上，只是就算不會輸，清不完也實在是很煩啊……」

「……我來。」克勞忽然接過主控權。

克勞控制我的身體舉起手，瞬間的停滯彷彿在集氣一般。接著閃電劈下，向四方擴散。

放射狀的電流跳躍出去，所到之處士兵隨即消失。就連柵欄都燃燒起來，形成一大片不規則的空地。

簡直是開無雙啊。

「呼……」

然而這種大招應該是不能連發吧。攻擊結束後，我能感覺到克勞消耗了很多精力。

「哇！好卑鄙！」

「……是魔王的說。」

魔王是你們吧！我在心中對著那兩隻躲在陣地後方放話的魔神仔吐槽。

這時林虎重新接過我身體的控制權，並瞄準克勞製造出的空隙往兩隻魔神仔衝去。

「不會讓你們得逞的！」

巨大化阿玄揮手，兩道影子從他的背心裡鑽出。那兩道影子一落地面馬上開始急馳，仔細看竟然是騎在馬上。但那個身姿……一黑一白的衣服，該不會……是七爺八爺？

七爺八爺騎馬也太奇怪了吧……

無論我是否覺得奇怪，他們都衝了過來。林虎做好應戰態勢，只見七爺舉起手中羽扇一揮，一道劇烈的強風吹過。

風勢猛到瞬間將我刮到空中。林虎也沒料到風會這麼強烈，當我們還在空中搞不清楚方向時，我的身體被某種巨大板子給用力拍擊，向上連打了好幾下。等我終於往下落時，又被一個橫向拍擊給打飛出去。

好痛！雖然沒有受傷但是真的好痛！如果有血條的話我大概被打掉二分之一了吧。

雖然落地時林虎穩住了身形，但疼痛感還沒完全消退。沒有時間給我們喘息，七爺再次舉起羽扇。

這種連擊可不能再吃一次。我切換成克勞，用豹突閃開。七爺再次舉起羽扇，八爺從旁策馬繞了過來。

是想要夾擊嗎？但是……這正是好機會！

我拜託克勞，再次豹突衝到七爺面前。趁著他羽扇揮空的間隙，再換成林虎，虎躍到馬上，將七爺撲倒在地。

七爺一落地，林虎馬上一掌往他的脖子上按去。我心中有些糾結，畢竟是看著虎爺攻擊七爺；這畫面讓我直覺反應就不舒服。

幸好林虎並沒有因為攻擊對象的外表而停手。他壓制在七爺身上連續揮出爪擊，我彷彿可以看見七爺的血條迅速被打掉。在這姿勢下，七爺連反擊的機會都沒有，受到爆表傷害的七爺迅速消失。

接著八爺就好解決了。我們回頭迎上騎馬衝來的八爺，並開始繞著他轉圈。因為他騎馬沒辦法快速轉身，我們很快抓到他的視線死角，撲了上去。

在林虎的爪下，八爺一樣簡單地消失了。

擊敗七爺八爺後，回過頭看向阿玄阿皓，他們彼此相對、唸唸有詞，似乎在準備什麼。

在我們和七爺八爺戰鬥時他們並沒有發呆的樣子。但不管他們想做什麼，總之打斷就是了。我讓克勞豹突衝向他們，然而這時他們已經擺出合體的姿勢，將手指越過頭對在一起——

神光降臨在戰場上。

巨大的光柱穿破雲層，籠罩在戰場上。什麼時候有了雲層的？這種事已經不重要了，士兵們停止動作仰望天空，從光柱間降下了一位衣襟飄盪，眉慈目善的女性。那莊嚴而慈祥的模樣，不用說也知道——是媽祖娘娘。

為什麼魔神仔能召喚娘娘啊？太扯了吧！

「大概只是叫出你心中最強的人吧。」林虎冷冷地說。「這種妖怪最擅長這種事了。反正不是真的娘娘沒什麼好在意的，只是因為是由你的印象而生，肯定很難打。」

那……要怎麼辦啊？

「……我來。」克勞接口。

「不行。不能由你來。」

「……？」

「我可不能讓你對娘娘出手，就算那只是娘娘的幻象。」林虎回答。「既然是我和阿遼的神，那就該由我和阿遼解決。」

「……假的？」

「假的也不行。」林虎嚴肅地說。「這就是信仰。況且，我認為不需要你出手。」

不需要嗎？可是我們肯定打不贏娘娘啊……

「那是因為阿遼你這麼想。」林虎說著，娘娘的幻影已經向這邊飄來。林虎做好迎戰準備，只見娘娘的幻象雙手合十，一道光束從祂手中射出。

為什麼會是光束炮啊！

然而這招式太過超乎預想，林虎閃避不及，肩膀及右手被擊中。我痛到腦袋一下子空白，甚至右手暫時消失了一瞬間。

「咕嗚！」

娘娘再次合十，下一道光束跟著射出。林虎連忙在場上亂竄，靠不規則的移動讓光束打空。但連續不斷的光束炮讓我們難以靠近。

真的不讓克勞幫忙嗎？林虎應該沒有遠距離攻擊……

「就說了，那是因為你那麼想。」林虎喘著氣回答。「那根本不是娘娘，你也知道。那為什麼那種東西會跟娘娘一樣強？」

可是……祂看起來……

「那是魔神仔的暗示啊！」林虎低吼。「我知道常識很難改變。他們又是拖延時間又是合體，盡可能搞出大陣仗，就是在暗示你這個娘娘很強。但實際上根本就不是那麼回事。」

一道光束打在林虎面前，林虎猛然停下，又立刻向旁邊跳出。連續好幾次的突然施力讓我的手腳隱隱作痛。

「他們讓你覺得很強，你就認為很強了。但這是你的幻境啊！就算他們有一定程度的控制權，最終決定的還是你。只要你能……搞清楚……狀況！」

連續好幾道光束傾瀉而下，林虎左右閃躲，雖然勉強閃過但還是受到了幾處擦傷。我焦急起來，想要幫他，卻不知如何是好。

對啊，我也知道媽祖娘娘只是幻象。我要是不覺得祂很強的話，大概就不怎麼強了吧。

但要怎樣才能夠不覺得祂很強啊！祂看起來就是又大又神聖又氣勢恢宏，發出的光束炮也嚇死人啊！要我不覺得祂很強是要怎麼做？

「只要……知道……」

我知道啊！但知道也沒辦法讓光束炮變得不嚇人……

「可以。」

林虎說。接著，他直直往娘娘的幻影衝了過去。這是要做什麼？我可還沒……

光束炮連接射來，林虎以蛇行方式移動，避開了這些砲擊。但越靠近娘娘，砲擊就越難閃，這樣下去……

「我知道。」林虎回答。「但阿遼，你真的該搞清楚……」

說完林虎跳向空中，直直往娘娘的幻影撲去。然而身在空中，根本沒辦法閃避。另一邊的娘娘幻影也抓準時機，身周放出光芒，一道特別大的光束從正中直擊而來。

「娘娘絕對——」

林虎跳入了光束中。

「不會做這種事啊啊啊啊啊啊！」

我想要閉上眼睛，但身體不受我的控制。在光束中，視線變成一片純白——

卻一點都不痛。

咦？

我看向自己，雖然在強光中看不清楚，但我不覺得痛也不覺得有哪裡受傷，活動得很順暢，甚至不覺得自己正跳到空中。就好像漂浮著似的，甚至有一種受到引導的感覺。

引導……沒錯。我抬頭看向應該是媽祖娘娘的方向，漸漸地隨著眼睛適應，開始看見光芒中的娘娘。

祂正以慈祥的表情看著我。兩手的姿勢彷彿邀請，讓我順著光芒緩緩上升到祂眼前。

身體很暖活，就好像受到光芒的治療一樣。娘娘的聲音在我心中迴響。

那不是單純的一句話，而是一種意念。我知道娘娘在安慰我、在稱讚我、在要我加油。我能感受到娘娘的慈悲與關懷。低下頭，一滴眼淚落了下去。

對啊，這才是媽祖娘娘。這才是娘娘應有的樣子。就算是魔神仔召喚出來的，既然是娘娘，就應該是這樣啊。

我的心情和謝意似乎傳到了娘娘那，祂對我點頭，撫慰我，就好像用無邊無際的大手在摸我的頭一樣。接著，光芒褪去，娘娘的身影消失了。

等我張開眼睛時，已經站到了地上。

阿玄阿皓在我面前緊緊靠著彼此，看著我害怕地發抖。

「……到此為止了。」林虎往他們靠近。「你們也差不多該放棄了吧？」

「才……才不會放棄呢！」阿玄雖然全身顫抖，仍然不死心地說。

「很有志氣，可惜用錯地方了。」林虎說。「你們不會不知道自己做的是壞事吧？」

「就算是壞事……又沒關係……」

「所以說不行啊。」林虎嘆了口氣。「想成為正神的妖怪在做壞事，甚至是想靠做壞事來成為正神。這怎麼可能成功呢？」

咦？想成為正神？

「好啦，該結束了。」林虎抓住兩隻土狗，一手一個。「也多虧了你們召喚娘娘。現在不管是你們還是阿遼都該清醒啦。」

這時，從林虎身上——也就是我身上發出了淡淡光芒。如同霧氣一般的光芒，溫柔地包覆了整個空間。

然後，我漸漸地……

真正地張開了眼。

「阿遼！阿遼你終於醒了！」

一個溫暖的身體撲在我身上，用力抱緊我。然而我這時只覺得渾身酸痛，背後靠的東西相當不平，害我的背扭得很難受。

看看四周，我正躺在一個山洞裡，天然的山洞未經雕琢，我躺著的地方自然也是凹凸不平。我扭了扭身子，勉強自己起身。

書齊學長從我身上跳了下來。

「呼……真是嚇死我了說。」學長對我露出一個大大的笑臉。「阿遼真是的，竟然那麼容易中招！要把你救回來可是累死我們了耶。」

「這個……抱歉。」我大概知道為什麼我會掉進幻境那麼久，阿玄阿皓做出的幻境真的很舒服。但我明明有學長、有林虎和克勞陪在我身邊了，我竟然還會留戀於幻境，真的很對不起他們。

「咳嗯……所以現在這兩隻小鬼要怎麼辦？」

山洞口，林虎正一手一個抓住兩隻魔神仔的後頸。阿玄阿皓在林虎的手中哭鬧，不停大喊。

「嗚——我們也想成為正神啦！」

「不……不要消滅我們……」

我向他們走了過去。看到我靠近，他們漸漸安靜下來，害怕地發抖。

「……不會消滅你們啦。」我嘆氣。雖然因為他們的關係，害我現在全身痠痛又餓到乏力，不過畢竟沒有真的受傷。我將手放到他們身上。

「不過你們可要好好跟我解釋，你們到底是想幹麼喔？成為正神是怎麼回事？」

「八成是聽了什麼謠言……」林虎嘟噥，偏過頭，似乎有些不好意思。

「是因為我的關係吧？」學長接著說。「因為我變成正神了。可能這兩個孩子聽到我來到阿遼身邊之後成為正神，就以為只要有阿遼在，就有機會成為正神……所以才綁架阿遼的？」

「那為什麼要用那種方式啊！」我忍不住喊了出來。「綁架就綁架，幹麼一直想跟我上床！」

「可是大家都說是這樣的說……」

「不是他們跟你上床所以才成為正神的嗎！」

現場一片尷尬。

「啊哈哈……所以說謠言真的很可怕呢——」學長說。「雖然我們三個都有跟阿遼上過床沒錯啦——」

用不著現在說出來吧！

「所以說……」

「應該是跟阿遼上床就可以的！還是說在幻境中不行？」

「並不是！」

我暴打他們的頭，順便連學長也打了一下。

「這跟那個沒有關係好嗎！才不是因為上床而變成正神的啊！而且別的不提，也只有書齋學長一個人成為正神了好嗎？」林虎原本就是正神，克勞則是在體制之外。

這謠言也傳得太奇怪了吧？

「也不是、完全沒關係？」克勞說。

「你看……」

「就是說！」

「唔哇——克勞你先別管啦！」而且如果真的要說是因為那樣成為正神，那不是跟我上床，而是跟……

我看向林虎，他看來也注意到了，和我眼神交錯之後避了開去。雖然其實是那麼回事……但我不會說的！不是因為那樣很羞恥，而是我知道這對林虎負擔很大。

「總之事情不是你們想的那樣。」我正色說。「學長你也跟他們解釋一下啦。」

「我解釋過了，但他們不信啊。」學長把手放到後腦。「說我這個前妖怪講話沒可信度。真是的，我現在也是正神了，才不會隨便說謊呢！」

「不隨便就會說……」阿皓小聲地說。

「才不會！」結果學長也打了他們的頭。看他們這樣總覺得有些可憐，不過哎呀，確實是他們造成的麻煩，稍微受點懲罰也好吧。

「好啦，我餓死了說。我們下山去吃東西吧。」

我跟大家說。

「那他們怎麼辦？」林虎舉起手上的兩隻。

「放他們回去吧，既然我已經沒事了。」

「我可不覺得他們會學乖啊？」

「就算那樣……」我再次看了看他們。「妖怪反正怎樣都不會學乖吧。我可不想干涉這些。」

「說不定還會有人被他們誘拐到幻境裡害死？」

「那也不該由我來懲罰他們。」我搖搖頭。「大不了跟土地公說吧。總之，我不認為我這個凡人應該插手。」

「哼。好吧。」林虎說著將兩隻土狗丟了出去。他們一離開林虎的手，馬上砰的一聲消失。

「好啦，回家囉。」

「回家！」

學長開心地扶著我，幫我走出那個因為溼氣而有點滑的山洞。很快地學長就帶我回到了山路上，我和三隻大貓一起緩緩走下山。

「阿遼，要再來玩喔！」

我忽然聽到聲音。回頭一看，阿玄和阿皓的身影飄忽在林葉間。

「有空……再來的說。」

真是的，誰要來啊。未免太危險了吧……

我抓了抓頭，開始考慮下次在林虎或克勞的陪伴下，能不能再次上山。

後話

在由學長請客、我在山下把各種觀光攤位小吃給大吃特吃、橫掃一頓之後，我們總算回家了。

一切彷彿塵埃落定，但我卻不覺得事情都解決了。要說為什麼的話——

「學長，這件事是你策劃的吧？」

「——！」

我的發言讓學長僵住，林虎和克勞也饒富興味地看了過來。

「在、在說什麼啊阿遼。我怎麼可能做這種事呢？再怎麼說我也不會想讓阿遼遭遇危險啊。」

「如果沒有危險就可以的意思？」

「沒有危險的話不是什麼事都可以嗎？」學長裝出可愛的表情。

「所以果然是學長嗎？」我嘆了口氣。「是沒關係啦，除了我在山洞睡了幾晚渾身難受以外，是沒什麼危險。」

「而且還享受到了很棒的幻境？」

「雖然很棒但不能算享受吧。」

「可是沒有危險啊，就算有點強迫，享受還是享受了。有沒有考慮以後再來一次啊？」

「我不覺得……」

「等等，」林虎打斷我們的對話。「這事是小貓搞出來的？享受是什麼意思？」

「嗯，其實我一開始也無法確定，只是想說他們是妖怪的話說不定學長認識。當學長說跟他們解釋過不能成為正神之後，我就確定肯定是學長安排的。你是認為與其解釋不如讓他們親自試試看吧？」最後一句話我是對學長說的。

「因為他們一直吵著上床上床的……真的很難解釋嘛。他們的說法還更直接耶，連我都覺得很難說出口——」

「所以你就送阿遼去跟他們上床？」林虎一臉不敢置信。「我說你啊……」

「上床沒關係吧？那可是妖怪，而且還是在幻境裡。不會有性病也不用擔心出軌喔。」

「不是那個問題啊……」林虎抱頭。「哪有隨便送阿遼去跟別人發生關係的啊你這……所以說妖怪就是……」

「已經不是妖怪了喔。」

「所以說不是這個問題啊！」林虎怒吼。「你有沒有考量過我跟李克勞的想法？」

「你跟克勞？要問也是要問阿遼吧？」

「呃，對，是要問阿遼。所以你問了嗎？還有阿遼，你該不會……跟他們……」

結論來說我確實跟他們做了。雖然我覺得自己還算有理，但這種時候跟虎爺解釋感覺沒什麼用啊。怎麼辦，該怎麼回答才好？

「……阿遼，你沉默的意思是……」

糟糕糟糕，該不會生氣了吧？我明明不是……

「我沒關係。」克勞突然說。

「什麼？」

「你剛剛說問我。我沒關係。」

「……你真的知道我們在說什麼嗎？那可是讓阿遼跟其他妖怪……」

「阿遼願意。我沒關係。」

林虎按住額頭。「跟你說不通！總之我不允許！」

「好啦好啦，下次會先問大叔意見的。不過你也要尊重阿遼的意見喔！」

「就你沒資格說！是誰把阿遼送給那兩個妖怪的！」

「我只是介紹阿遼給他們認識，要不要做還是看阿遼自己啊。我可沒有強迫誰喔！」

「但你沒有問我就把我介紹給他們。」我敲了一下學長的頭。「老是給我在私底下亂來。」

「嘿嘿，對不起嘛。不過阿遼在幻境中，有件事讓我很傷心的說。」

「什麼事？」

「就是……你知道的呀。最後你只有跟大叔和克勞恩恩愛愛，就我沒有。阿遼要補償我啦——」

「不是你自己不要的嗎？」

「那是因為我不能附身到阿遼身上啊。跟我想不想要是兩回事！」

林虎哼了一聲。「你這小貓給我們造成這麼多麻煩還好意思說？」

「那不一樣啦！拜託啦，阿遼——」

「嗯……」我嘆了口氣。「好吧好吧，我知道了。那就麻煩你們退避一下……」

「……哼。你對那小貓太好了。」林虎看來不太開心。「之後可是我們在幫他擦屁股。」

「阿遼累了。要好好休息。」克勞不知道是告誡學長還是在告誡我。兩人雖然口頭上抱怨，還是各自退出房間，留下我和學長兩人。

我們坐在床沿，學長看著我微笑，但沒有靠過來。一小段時間的沉默後，我先開口了。

「……學長有什麼事想說嗎？」

「不愧是阿遼呢。」

學長點了點頭。他只是為了講一些不想讓另外兩隻大貓聽到的事所以才說想跟我做，不然平常他們三個都在房間裡，沒什麼隱私。不過，林虎跟克勞八成也注意到了，所以才會那麼乾脆地離開吧。

「我想想啊……首先還是道個歉吧。」

「因為阿玄阿皓的事？」

「嗯。那樣下去，阿遼真的可能會有生命危險……我沒想到他們會做得那麼絕呢。果然變成正神之後思考方式也跟以前不一樣了。明明……我是想說絕對不會有事才這麼安排的……」

「嗯……我現在也生不起氣來。雖然我是覺得這種事不該再發生了。」

「連我都不敢相信自己的保證，所以我就不說了。我還有點不習慣正神的氣造成的影響……總覺得有時候，自己都會被自己的想法嚇到呢。」

我嘆了口氣。

「為什麼要跟我說這個？」

「……阿遼雖然說氣不起來，但果然還是生氣了吧。」學長有些彆扭地握住我的手。「我還想說讓阿遼去幻境玩玩可以放鬆一下的……他們的幻境可是品質保證呢……」

「危險性也挺品質保證的……雖然我不討厭他們，但他們其實吃過很多人吧？」

「嗯。但他們本性不壞，我也是想說要是阿遼能讓他們成為正神的話就不用再吃人了……果然要成為正神沒那麼簡單呢。」

「你到底對我有什麼期待啊？當初那個可不是靠我而是靠林虎啊。」

「畢竟是阿遼嘛，發生什麼事都不奇怪喔。反正，就算只是去幻境玩玩也挺好的。只是……我現在後悔了而已。」

學長低下頭。

「對不起，阿遼……我以後事情都會先和你商量的。雖然我可能還會因為以前的妖怪朋友而做出些奇奇怪怪的事，但我不會再瞞著你了。所以……」

「好了好了，我知道了。」

我把手放到學長頭上。

「我會原諒你的。不過你要是哪次又不先跟我商量，我就不原諒你了喔。」

「原諒這種東西是可以收回的嗎？」

「因為是我，所以發生什麼事都不奇怪。」

「……謝謝。最喜歡阿遼了——」

學長換上平時的笑容撲了過來。

我接住他，在他的熱情下，即使氣氛還沒轉換過來，還是和他接了吻。

哎呀，畢竟再怎麼說，就算還有兩隻大貓……

他也是我現實中的男朋友啊。

後記

大家好，這裡是Pache。

首先要感謝各為讀者購買這本書，以及編輯的賞識，讓我能夠在尖端出版小說。

本來我以為我的作品應該沒有機會通過商業通路出版的……因為我想堅持寫我喜歡的同性向獸人故事……但沒想到竟然有這麼一天！應該說是商業通路漸漸變得開放了呢，還是原本其實就這麼開放只是我誤解了呢？

這對我而言就是像是一個里程碑——

如果之後我能夠出版更多同性向獸人故事，或是市面上能出現更多同性向獸人故事，我會非常開心的。

這麼說有點奇怪，因為據我所知，市面上其實已經有許多同性向獸人故事了。只是該怎麼說呢——有許多故事，該說是被歸類在耽美的範圍吧，和我喜歡看的、我們這圈子習慣看的作品不太一樣。

到底有什麼不同呢？同樣是男性獸人主角，同樣是戀愛故事……我原本以為這可能是面向ＢＬ市場跟面向Ｇａｙ市場的不同，但後來仔細想想……

應該是「是否是純戀愛故事」的差別吧。

我想看的故事，不是純粹的愛情故事。而是把獸人同性戀愛當成一種理所當然的、日常生活中的元素的一部分那樣。就好像奇幻史詩裡通常也都會有一些羅曼蒂克要素，輕小說也不會只讓男女主角搞曖昧、開後宮，都會有其他冒險、日常、推理等各種類型的主題一樣。

我想看各種不同主題的獸人故事，而其中同性戀愛是一件這麼普通的事情，以至於不需要被當成主題來大書特書。主角可以有個轟轟烈烈的大冒險，同時和其他獸人同伴打情罵俏、開開後宮……不是以獸人同性戀愛為主題，而是如同其他作品的戀愛要素一樣放在故事裡，我想看那樣的故事。

我自己也會以那樣的故事為目標，繼續創作更多故事。

這個故事是因「家有大貓」遊戲而撰寫的。在撰寫這個後記的當下，我還不知道這個作品是否能帶來什麼影響。

但如果可能的話……獸人控能做為一個普通的要素，就好像蘿莉控或是御姐控一樣，普通地進入市場裡，普通地有一塊自己的領域的話……

我會非常非常開心的。

Pache

家有大貓
貓狗大戰

作　　者／Pache
封面繪者／雷邇
發 行 人／黃鎮隆
副總經理／陳君平
總 編 輯／洪琇菁
執行編輯／楊國治
美術監製／沙雲佩
美術編輯／王羚靈
國際版權／黃令歡
企劃宣傳／邱小祐、劉宜蓉
文字校對／施亞蒨
內文排版／謝青秀

國家圖書館出版品預行編目資料

家有大貓：貓狗大戰 / Pache 作 . -- 1 版 . --
臺北市：尖端，2017. 11

面；　公分

ISBN 978-957-10-7797-0（平裝）

857.7　　106017042

出版／城邦文化事業股份有限公司　尖端出版
台北市 104 中山區民生東路二段 141 號 10 樓
電話：（02）2500-7600　傳真：（02）2500-2683
讀者服務信箱：7novels@mail2.spp.com.tw
發行／英屬蓋曼群島商家庭傳媒股份有限公司城邦分公司　尖端出版
台北市 104 中山區民生東路二段 141 號 10 樓
電話：（02）2500-7600　傳真：（02）2500-1979
劃撥專線：（03）312-4212
戶名：英屬蓋曼群島商家庭傳媒（股）公司城邦分公司
劃撥帳號：50003021
※ 劃撥金額未滿 500 元，請加付掛號郵資 50 元
法律顧問／王子文律師　元禾法律事務所　台北市羅斯福路三段 37 號 15 樓

台灣地區總經銷／中彰投以北（含宜花東）　楨彥有限公司
電話：（02）8919-3369　傳真：（02）8914-5524
雲嘉以南　威信圖書有限公司
（嘉義公司）電話：0800-028-028　傳真：（05）233-3863
（高雄公司）電話：0800-028-028　傳真：（07）373-0087
馬新地區總經銷／城邦（馬新）出版集團 Cite（M）Sdn Bhd
電話：603-9057-8822　傳真：603-9057-6622
E-mail：cite@cite.com.my
香港地區總經銷／城邦（香港）出版集團 Cite（H.K.）Publishing Group Limited
電話：852-2508-6231　傳真：852-2578-9337
E-mail：hkcite@biznetvigator.com

版　次／2017 年 11 月 1 版 1 刷　Printed in Taiwan
2018 年 3 月 1 版 4 刷